图书在版编目(CIP)数据

酒诗漫说/王持之著. —北京：中国社会科学出版社，2024.1（2025.3重印）
ISBN 978-7-5227-2749-3

Ⅰ.①酒… Ⅱ.①王… Ⅲ.①诗词—作品集—中国 Ⅳ.①I22

中国国家版本馆 CIP 数据核字（2023）第 218064 号

出 版 人	赵剑英
选题策划	陈肖静
责任编辑	顾世宝
责任校对	王 桐
责任印制	戴 宽

出　　版	中国社会科学出版社
社　　址	北京鼓楼西大街甲 158 号
邮　　编	100720
网　　址	http://www.csspw.cn
发 行 部	010-84083685
门 市 部	010-84029450
经　　销	新华书店及其他书店

印刷装订	北京君升印刷有限公司
版　　次	2024 年 1 月第 1 版
印　　次	2025 年 3 月第 2 次印刷

开　　本	880×1230 1/32
印　　张	6.5
字　　数	101 千字
定　　价	59.00 元

凡购买中国社会科学出版社图书，如有质量问题请与本社营销中心联系调换
电话：010-84083683
版权所有　侵权必究

目 录

酌彼金罍，维以咏怀（序言）	1
自　序	1
第一说　青春的回响	1
第二说　礼乐的和声	6
第三说　北斗的倾倒	12
第四说　成败的超越	16
第五说　悲远的心魄	21
第六说　慷慨的华丽	28
第七说　沉醉的清醒	36
第八说　不归的刺客	40
第九说　菊杯与猛志	43
第十说　俊逸的挥洒	52

酒诗漫说·· ·

第十一说	清绮的铿锵	62
第十二说	清新与萧瑟	70
第十三说	隐者的余味	78
第十四说	新醅的清香	84
第十五说	按下的酒杯	94
第十六说	月光照金樽	101
第十七说	酒痕浸诗史	114
第十八说	对酒山河满	133
第十九说	倾杯鱼鸟醉	139
第二十说	风骨寄深樽	144
第二十一说	何处难忘酒	149
第二十二说	生涯独酒知	156

目 录

第二十三说	烟雨酒旗风	**163**
第二十四说	常谓不饮可	**167**
第二十五说	取酒起酹剑	**173**
第二十六说	照我万古心	**181**
	后　记	**194**

酌彼金罍，维以咏怀
（序言）

人生当中总有一些不期而至的惊喜。乍见持之这本新作，就带给我这样的望外之喜。

持之是我的大学同学。近年来工作地点相距不远，更多了一些走动聊天的机会。两年前，我去他办公室，讲道我正在整理一本《中国古代诗文辑览》，打算借此机会把自己读诗赏诗的体会从古到今梳理一下，串起来就是一部中国诗歌史。持之听了一拍大腿，"太好了！我刚写了几篇论叙诗酒的文章，你给我启发，扩展一下不就是一本中国诗酒史吗？"两年多来，和持之虽多次见面，但这个话题也没再提起。前一段，约《诗刊》主编李少君兄一叙，持之施施然掏出厚厚一摞牛皮纸袋装的书稿呈到大家面前，少君兄读后大为诧异，大加赞美，甚至建议以此为主题开一场研讨会。原来，在不动声色之间，持之已大功告成了！

抛开老友的客套恭维，平心而论，持之新作的确让人感觉如饮醇酒，别开生面，乃至大为感动。

酒诗漫说

感动之一，是他在不经意间对中国文化史特别是诗歌史作了一番别具特色的梳理。我俩都不是文学科班出身，对诗歌的喜爱也止于爱好而已，但是很显然，这本书是一部基于丰富的文学考据，而又兼具智慧和才思的严肃之作，持之为此一定下了很多工夫。酒文化似乎是世界文化史上一个共通的母题，而这一母题在中华文化史上尤为丰富和夺目。中国古代最早的文化典籍《尚书》中即有《酒诰》篇，中国第一部诗歌总集《诗经》中有多篇与酒有关，本书首篇作品引用的《卷耳》一诗应是中国最早关于酒的诗篇。《诗经》以来，迄今三千年间，一部中国诗歌史，繁如星河，灿若烟霞，而颂酒咏怀之作连绵不绝贯注其中，成就了许多脍炙人口的佳作。持之此书，以酒为经，以史为纬，以人为引，以情为墨，从而编织和绘就了一幅中国人自古至今的文化生活画卷，诗酒之作背后的家国、人生、爱情、友情、自然、历史、战争、和平，万般景象；诗句所寄寓的快乐、闲适、温暖、感伤、怀念、悲悯、愁苦、孤独、豪迈、失意，种种情状，皆入

酌彼金罍，维以咏怀（序言）

卷中。可以说，一部中国诗歌文化史，就深藏在"蕙肴蒸兮兰藉，奠桂酒兮椒浆""金樽清酒斗十千，玉盘珍羞直万钱""兰陵美酒郁金香，玉碗盛来琥珀光"的奢华光影中；深藏在"长风万里送秋雁，对此可以酣高楼""白日放歌须纵酒，青春作伴好还乡"的壮志豪情中；深藏在"酒困路长惟欲睡，日高人渴漫思茶""常记溪亭日暮，沉醉不知归路""莫笑农家腊酒浑，丰年留客足鸡豚"的恬淡闲适中；深藏在"酒酣胸胆尚开张，鬓微霜，又何妨""醉里挑灯看剑，梦回吹角连营"的家国豪情中；也深藏在"对酒当歌，人生几何""艰难苦恨繁霜鬓，潦倒新停浊酒怀""悲欢聚散一杯酒，南北东西万里程"的人生感怀中。我粗粗数了一下，持之在这本书中共点评了一百多位诗人的数百篇诗酒之作，这本书所呈现的，不正是中国诗歌文化史数千年来迤逦而成的星光大道吗？

感动之二，是我在这本书中读出了持之对于世界和人生的诸多感悟，十分会心。我和持之都已步入知命之年，共同经历过国

酒诗漫说

家和社会这几十年来的沧桑巨变,也有过各自喜乐悲愁的际遇,相知甚久,因而我能读懂他在点评诗酒的诸多观点背后,有着什么样的"思想原点"。比如,他在书中多处引用陶渊明的《饮酒》诗句,实际上是为陶公隐藏在诗句背后的人生意象所折服,"衰荣无定在""积善云有报""道丧向千载""栖栖失群鸟""行止千万端""有客常同止""故人赏我趣"……这些篇章,不正是许多中年人开始回首人生、淡泊世事的共同感悟吗?书中专门引述了季羡林先生最为推崇的陶公四句"纵浪大化中,不喜亦不惧。应尽便须尽,无复独多虑",陶公述之,季公乐之,我辈阅之,都有会心之感。本书所题诗酒二十六说,每说都很精彩,而这样的归纳和总结,是只有站到相应的人生高度才能加以采撷和体会出来的。叶嘉莹先生讲过,好的诗歌,最特别的价值在于它有一种感发的力量。李杜王白的诗歌传唱经久,在于它能直抵人心。持之此书,借助深化、拓展、交织、牵引的工夫,将这种感发的作用作了进一步的提升,带给读者的,除了许多精采的知识和典

酌彼金罍，维以咏怀（序言）

故之外，更多的是会意和沉思。以我之笔，抒彼之怀，这是一种境界和能力，持之无疑就有这样的境界和能力。

诗歌是我和持之共同的爱好。赏诗之外，我们也作诗，相互评点唱和。我作诗偏工，囿于才思天分，失之于板正，而持之的诗作要大胆爽快得多，尤其长短句诗作，十分精彩，意象纷呈，我去之远矣，可惜读者在本书中难得一见他原创诗作的风采。诗歌之外，我们也爱好书法，兴到之时也爱共酌几杯。关于酒的赏鉴能力，我更去之远矣。持之籍贯山东阳谷，是武松老乡，山东汉子的豪迈中天生混合着酒的成分，而持之却又豪迈中兼具儒雅之质，诗书歌赋样样精通，酒兴豪情相激发，篇章大作汩汩而出，倒是一派东坡、山谷之象了。写这本诗酒之论，我想他一定不是正襟危坐写论文的架势，有多少篇章是酒兴催发，只能问他自己了。

知泓　癸卯初秋于悠然斋

自 序

中国人的饮酒历史可能是最悠久的。考古发现表明,九千年前,生活在现在河南舞阳的贾湖人就掌握了原始的酿酒技术。鲁迅先生说,酒中自有酣畅淋漓的真。人类一经喝到这个神奇的东西,就再也离不开它。

我们中国人又是一个写诗的民族。《诗经》由孔夫子删定,列入儒家经典,在汉代以前更是五经之首。其后的历朝历代,写诗成了文化人的基本技能,诗歌赠答成了人际交往的常用方式,科举制度产生之后,写诗又成了读书人的进身之阶。古人创作了大量诗歌,仅《全唐诗》就收录四万八千余首。

亚里士多德有一句很奇异的话:"诗是比历史更哲学的。"宗白华先生解释说:"这就是说诗歌比历史学的记载更近于真理。因为诗是表现人生普遍的情绪与意义,史是记述个别的事实;诗所描述的是人生情理中的必然性,历史是叙述时空中事态的偶然性。"车尔尼雪夫斯基则说:"一切其他的艺术所能告诉我们的还

酒诗漫说 ·

不及诗所告诉我们的百分之一。"

酒中有诗，诗中有酒。中国古人的诗酒情怀，是中国文化的一个重要侧面，其中的情理滋味，是值得我们时时拿来品味和怀想的。

第一说
青春的回响

酒诗漫说

◆◆◆◆

诗三百,写到酒的有三十八首,占十分之一强。在雅、颂两部分中占比尤其高,可能是因为酒在当时用于祭祀多,用于王公大臣的饮宴多。风就是民歌,但排在《诗经》最前面。这是孔夫子伟大之处,用现在的话说,充分体现了他注重人民性的一面。

《国风》中第一首写到酒的诗是周南地方(今汉中、商洛一带)的《卷耳》:

采采卷耳,不盈顷筐。
嗟我怀人,寘(zhì)彼周行(háng)。

陟(zhì)彼崔嵬(wéi),我马虺(huī)隤(tuí)。
我姑酌彼金罍(léi),维以不永怀。

陟彼高冈,我马玄黄。
我姑酌彼兕(sì)觥(gōng),维以不永伤。

第一说 ◆ 青春的回响

陟彼砠（jū）矣，我马瘏（tú）矣，
我仆痡（pū）矣，云何吁（xū）矣。

对人的思念，是"人生普遍的情绪"之一。因为思念，采摘卷耳（苍耳）的活儿都不能认真完成了，把还没满筐的卷耳丢在大路旁，自己骑上那匹老马，到高高的山岗上，马儿也好像受了我的影响，打不起精神来了。想的那个人是看不到的。接下来干嘛呢？喝酒吧！期盼酒能让我不老去惦记他（她），酒能让我不总是为他（她）伤怀。"我姑酌彼金罍"，拿出金子做的酒器，喝了起来。当然，酒入愁肠愁更愁，连我的马儿和仆人都仿佛病了一般。这就是我国最早的一篇酒诗，这就是有记载的最早的关于诗酒情怀的文字。千古同此一杯酒。也许是这首诗描写的状态太容易让人产生共鸣了。所以，后世的很多诗人提到酒，往往用"金罍"称之。

上面这首诗是一个人喝酒，而《女曰鸡鸣》就是夫妻两个人喝酒了。

酒诗漫说

女曰鸡鸣，士曰昧旦。
子兴视夜，明星有烂。
将翱将翔，弋（yì）凫（fú）与雁。

弋言加之，与子宜之。
宜言饮酒，与子偕老。
琴瑟在御，莫不静好。

女人说，鸡叫了。男人说，天还没亮呢，不信你起来看，星星还都闪烁着呢。女人还是劝丈夫起来了。可能是觉得丈夫懒觉没睡足就得起来打猎不容易吧，妻子就说，等打来猎物给你做美餐。"宜言饮酒，与子偕老。琴瑟在御，莫不静好"，描绘出一幅精美的特写，酒香琴声的袅袅余味，到现在仿佛还能感觉得到。

当然，生活中的不如意总是难免的。看看下面这位：

第一说 ◆ 青春的回响

>泛彼柏舟，亦泛其流。
>耿耿不寐，如有隐忧。
>微我无酒，以敖以游。

失眠。原因也不能向人讲。人生谁无此况味？怎么办？带上酒去遨游吧。

这就是《诗经》中的爱与孤独。温伯雪子说："中国之君子，明于礼义而陋于知人心。"是耶？非耶？《国风》中的酒诗作者，恐怕不能说陋于知人心吧。《国风》中酒诗的吟唱是朴素的，在形式上没有后世烦琐的格律要求；在内容上没有各种用典，也没有各种意象的重复；在语汇上都是非常朴素的自然人事，简洁而又回环往复，热烈而又沉郁顿挫，浅显而又深入人心，平淡而又洞悉人情。这真是我们这个民族青春时代的回响，即便是几千年后的今天读来，仍不会有一点"隔"的感觉。

第二说
礼乐的和声

第二说 ◆ 礼乐的和声

◆◆◆◆

《国风》中也有热闹的造酒和饮酒场面。《七月》中描写到"为此春酒,以介眉寿","称彼兕觥,万寿无疆"。

"雅"和"颂"里面的诗,比"风"中的更加热闹。这里面有相当一部分是在正式的礼仪中奏唱的。比如,《周礼·燕礼》中就有记载,在宴饮的不同阶段,要先歌《鹿鸣》《四牡》《皇皇者华》,间歌《鱼丽》《南有嘉鱼》《南山有台》,这些都是"雅"的内容。最后也会唱《国风》中的诗,称为乡乐,如《周南》中的《关雎》《葛覃》《卷耳》,《召南》中的《鹊巢》《采蘩》《采蘋》。

燕礼极其复杂,可以说超过现在绝大多数场合的宴饮。一次燕礼,就是一次对传统等级制度的强化。有意思的是,宴饮的主要内容,诗、酒、笙、歌,都是轻松的甚至是反秩序的,这就使严肃中有了活泼,秩序中有了弹性,好比汽车的钢毂有了轮胎,使车轮和地面之间有了宝贵的缓冲。朱熹在《诗集传》中说:"盖君臣之分,以严为主;朝廷之礼,以敬为主。然一于严敬,

酒诗漫说

则情或不通,而无以尽其忠告之益,故先王因其饮食聚会,而制为燕飨之礼,以通上下之情;而其乐歌,又以《鹿鸣》起兴。"《鹿鸣》全诗如下:

呦(yōu)呦鹿鸣,食野之苹。
我有嘉宾,鼓瑟吹笙。
吹笙鼓簧,承筐是将。
人之好我,示我周行(háng)。

呦呦鹿鸣,食野之蒿。
我有嘉宾,德音孔昭。
视民不恌(tiāo),君子是则是效。
我有旨酒,嘉宾式燕以敖。

呦呦鹿鸣,食野之芩(qín)。
我有嘉宾,鼓瑟鼓琴。

第二说 ◆ 礼乐的和声

鼓瑟鼓琴,和乐且湛(dān)。

我有旨酒,以燕乐嘉宾之心。

前四句太美了,数百年后的曹操直接在自己的酒诗中引用。屠呦呦先生的父亲在给她起这个名字的时候,肯定没想到女儿得诺贝尔医学奖与第二自然段的蒿有关。这是多么美妙的巧合!

酒是燕礼最主要的内容,主人敬客人酒称为"献",客人回敬主人酒称为"酬""酢",君王、主人、客人在不同环节用的酒器,酒器摆放的位置,祝酒辞和答酒辞都有规定。喝到最后,国君依礼要说:"无不醉!"众人要回答:"诺!敢不醉?"不敢不醉!醉成了礼的一部分,这是多么精巧的相反相成。

《鱼丽》也是燕礼必唱之诗,写到了六种鱼,反复吟诵"君子有酒,旨且多","君子有酒,旨且有",赞美酒食的丰盛和美味。《南有嘉鱼》的内容与《鱼丽》类似,名字也很美,可以做鱼店的名称了。

酒诗漫说

《伐木》则是宴饮交友之诗。最后一段"有酒湑我,无酒酤我",意思是说,有酒就过滤来给我喝,没酒就去买来给我喝。喝酒的人都知道,客人喝到一定的程度,才会主动要酒喝。这首诗就描写了这种状态。

"不醉无归",是现在常说的一句话,其出处是《小雅·湛露》。

湛湛露斯,匪阳不晞(xī)。
厌(yān)厌夜饮,不醉无归。

意思是说:夜已经深了,露水很重啊。大家踏踏实实地喝酒吧,没喝醉就别回去啦。这也是天子宴请诸侯时,主人劝客人饮酒的诗。

酒醉了难免会行为失检,而这又是礼所不能允许的,所以,燕礼中有监酒官。《小雅》里面有一首叫《宾之初筵》的诗,描写了一些贵族酒后的不当行为。讲到"宾既醉止,载号(háo)

第二说 ◆ 礼乐的和声

载呶（náo）","既醉而出，并受其福"，不然，"醉而不出，是谓伐德"。

《雅》《颂》中的酒诗，是朴素的、真诚的、直击人心的，洋溢着先民充满朝气的悲欢；同时又被纳入严密的治理体系中去，成为礼乐治国的一部分。这确实是一种奇妙的组合。

第三说
北斗的倾倒

第三说 ◆ 北斗的倾倒

◆◆◆◆

《楚辞》中有酒的诗歌共有五首,主要是在描写祭祀场合时提到。

《九歌》之《东皇太一》,是祭祀天神中最尊贵的神伏羲的祭歌,其中有:

蕙肴蒸兮兰藉(jiè),奠桂酒兮椒浆。

《东君》是歌颂太阳神的诗,其中有:

操余弧兮反沦降,援北斗兮酌桂浆。

以北斗为酒器,这瑰丽的想象和夸张的手法,数千年来无出其右者。

《招魂》意为招楚怀王的魂,其中有:

酒诗漫说

瑶浆蜜勺,实羽觞些(suō)。

挫糟冻饮,酎(zhòu)清凉些。

华酌既陈,有琼浆些。

归来反故室,敬而无妨些。

《大招》,有人认为是屈原写的,招自己的生魂;有人认为是景差写的,招屈原的魂。其中有:

四酎并孰,不涩嗌(yì)只。

清馨冻饮,不歠(chuò)役只。

吴醴(lǐ)白糵(niè),和楚沥只。

魂乎归来!不遽(jù)惕(tì)只。

《九叹》为西汉刘向所作,是以屈原口吻抒情的诗。其中有:

第三说◆北斗的倾倒

日杳（yǎo）杳以西颓（tuí）兮，路长远而窘迫。
欲酌醴以娱忧兮，蹇（jiǎn）骚骚而不释。

"屈平辞赋悬日月，楚王台榭空山丘。"屈原是我国历史上第一位大诗人，创造了楚辞的诗体，写出了《离骚》《天问》《九歌》等名篇，后世只有李白、杜甫等可以与他媲美。有意思的是，屈原自己写的诗，除用于祭祀场合者外，其他均未提到酒。《离骚》三百七十三句，奇伟瑰丽，汪洋恣肆，但没有一个字提到酒。是因为他不喝酒吗？还是因为他不喜欢酒？或是因为这首诗中的寄托与抒发不需要酒这个载体？（后来南朝有个叫谢灵运的诗人，诗作中也几乎没有酒，读谢灵运的诗，都在游山玩水，但几乎从来不会停下来喝一杯，真是纯粹的田园诗人了。）闻一多先生经常说："痛饮酒，熟读《离骚》，乃可以为名士。"看来在闻先生那里，《离骚》中虽无酒，却是最好的下酒菜，是和酒最亲近的诗。

第四说
成败的超越

第四说 ◆ 成败的超越

◆◆◆◆

千古江山一樽酒。汉代的诗酒,还得从刘邦和项羽说起。

项羽兵败垓下,四面楚歌,起饮帐中,悲歌慷慨:"力拔山兮气盖世,时不利兮骓(zhuī)不逝。骓不逝兮可奈何,虞兮虞兮奈若何!"汉高祖刘邦平定天下后,回到沛县老家,置酒沛宫,把故人父老子弟全请来陪酒,又找来一百二十名当地儿童,教他们唱歌。酒酣之际,刘邦击筑自歌:"大风起兮云飞扬。威加海内兮归故乡。安得猛士兮守四方!"刘项成败消息,在这简单的几句里已经透露出来了。一个得了天下还在思求猛士守四方,一个一败涂地还在相信只靠自己力拔山兮气盖世就能打天下,项羽怎么能比得过刘邦呢?

说到汉代的酒诗,不能不提到卓文君。她与司马相如婚后当垆卖酒,是后世诗歌中常用的典故。那首著名的《白头吟》,有"今日斗酒会,明旦沟水头。蹀(xiè)躞(dié)御沟上,沟水东西流。凄凄复凄凄,嫁娶不须啼。愿得一心人,白头不相离"的

酒诗漫说

名句。

当然,最为荡气回肠的,还是苏武和李陵相互赠答的诗作,这些诗作共有十多首,被称为苏李诗。连杜甫都说"李陵苏武是吾师",这些诗作的质量是毋庸置疑的。苏李诗中有两首写到酒。一首是苏武的:

> 骨肉缘枝叶,结交亦相因。
> 四海皆兄弟,谁为行路人。
> 况我连枝树,与子同一身。
> 昔为鸳与鸯,今为参(shēn)与辰。
> 昔者常相近,邈若胡与秦。
> 惟念当离别,恩情日以新。
> 鹿鸣思野草,可以喻嘉宾。
> 我有一樽酒,欲以赠远人。
> 愿子留斟酌,叙此平生亲。

第四说 ◆ 成败的超越

另一首是李陵的：

> 嘉会难再遇，三载为千秋。
> 临河濯长缨，念子怅悠悠。
> 远望悲风至，对酒不能酬。
> 行人怀往路，何以慰我愁。
> 独有盈觞酒，与子结绸（chóu）缪（móu）。

苏武留胡节不辱，后世一到民族危难之时，他的事迹一定会出现在爱国诗篇里，激励着一代代仁人志士。我有时想，苏武十九年不改其志，是不是与酒有关呢？"我有一樽酒，欲以赠远人。"在朋友最困难的时候，留赠一樽酒；在自己最困难的时候，独酌一樽酒；在没有酒的时候，做一樽酒的冥想。也许这样的人，会更有毅力扛起长期的压力。李陵因投降匈奴而为世所诟病。司马迁替李陵说话，"陵事亲孝，与士信，常奋不顾身以殉

酒诗漫说

国家之急",认为他不以死殉国,意在寻找机会继续报答汉朝。当然,汉武帝是没有耐心相信这些的,因此处司马迁以宫刑。李陵和历史上的其他降将不同,得到后世李世民、辛弃疾、鲁迅等人的同情,而其诗才更得到欧阳修、苏轼、王世贞等人的赞美。很多人认为,李陵的诗是伪作,但也许只有他那种经历的人,才能写出"远望悲风至,对酒不能酬"这样的诗句。无论如何,在对酒之时,两人的情怀定是截然不同。

第五说
悲远的心魄

酒诗漫说 ·

◆◆◆◆

我国古代有很多好东西,不知道是谁的创造。《古诗十九首》就是这样的。这组诗作于汉末魏初,作者不详。钟嵘在《诗品》中说,《古诗十九首》"文温以丽,意悲而远,惊心动魄,可谓几乎一字千金"。刘勰《文心雕龙》说它"婉转附物,怊怅切情,实五言之冠冕也"。王世贞《渔洋诗话》认为,"苏李诗"与《古诗十九首》是同一风味,是五言诗成熟的标志之一。《古诗十九首》中有两首诗与饮酒有关。如下:

青青陵上柏,磊磊涧中石。
人生天地间,忽如远行客。
斗酒相娱乐,聊厚不为薄。
驱车策驽马,游戏宛与洛。
洛中何郁郁,冠带自相索。
长衢(qú)罗夹巷,王侯多第宅。

第五说 ◆ 悲远的心魄

两宫遥相望,双阙百余尺。

极宴娱心意,戚戚何所迫。

驱车上东门,遥望郭北墓。

白杨何萧萧,松柏夹广路。

下有陈死人,杳杳即长暮。

潜寐(mèi)黄泉下,千载永不寤(wù)。

浩浩阴阳移,年命如朝露。

人生忽如寄,寿无金石固。

万岁更相迭,贤圣莫能度。

服食求神仙,多为药所误。

不如饮美酒,被服纨(wán)与素。

关于酒的诗歌里谈到死,这种情况在《诗经》中就出现过。《山有枢》一诗中写到:"子有酒食,何不日鼓瑟?且以喜乐,且

酒诗漫说

以永日。宛其死矣,他人入室。"意思是说,趁还活着饮酒作乐吧,不然死了以后家里的好东西全是别人的了。这些内容貌似消极,但从哲学思考和文学欣赏的角度看又颇具价值。清代诗人沈德潜说,《古诗十九首》"大率逐臣弃妻、朋友阔绝、游子他乡、死生新故之感"。后世的不少书法家,愿意抄录《古诗十九首》,可能也是因为它写出了人类共通的情感吧。

苏李诗、《古诗十九首》,属于古诗体。除此之外,汉代还有乐府体。沈德潜说:"措辞叙事,乐府为长。"《善哉行》起首一句"来日大难",于大悲凉之中,自有豪气在焉。"欢日尚少,戚日苦多。何以忘忧,弹筝酒歌"则是曹操《短歌行》的先声。通篇下来,余冠英先生认为是主客饮酒的祝辞和答辞。

第五说 ◆ 悲远的心魄

主：

来日大难，口燥唇干。今日相乐，皆当喜欢。

经历名山，芝草翩翩。仙人王乔，奉药一丸。

客：

自惜袖短，内手知寒。惭无灵辄（zhé），以报赵宣。

主：

月没参（shēn）横，北斗阑（lán）干。亲交在门，饥不及餐。

客：

欢日尚少，戚日苦多。何以忘忧，弹筝酒歌。

淮南八公，要道不烦。参驾六龙，游戏云端。

受余冠英先生启发，我觉得也可以把这首诗解为：多位友人在一起喝酒，经过和声细语、欢声笑语，到豪言壮语阶段时，你一言我一语，有对答有插话，有些言不及义但又很有意思，这是一种生动活泼的酒局。

酒诗漫说 ·······················

《陇西行》描写了一位干练美丽的酒店女老板的形象:

天上何所有,历历种白榆。

桂树夹道生,青龙对道隅。

凤凰鸣啾(jiū)啾,一母将九雏。

顾视世间人,为乐甚独殊。

好妇出迎客,颜色正敷愉。

伸腰再拜跪,问客平安否。

请客北堂上,坐客毡氍(qú)毹(shū)。

清白各异樽,酒上正华疏。

酌酒持与客,客言主人持。

却略再拜跪,然后持一杯。

谈笑未及竟,左顾敕中厨。

促令办粗饭,慎莫使稽留!

废礼送客出,盈盈府中趋。

第五说 ◆ 悲远的心魄

送客亦不远,足不过门枢。
取妇得如此,齐姜亦不如。
健妇持门户,亦胜一丈夫。

女主人公进退有据,应付裕如,如果拍成电影,也许只有张曼玉才能演得了吧。

第六说
慷慨的华丽

第六说 ◆ 慷慨的华丽

◆◆◆◆

"汉末魏初这个时代是很重要的时代","这时曹操出来了"。（鲁迅语）曹操是大气磅礴的人，生当乱世，思想通脱，唯才是举，愈挫愈奋，最终成就一番霸业。曹操的酒诗也令人有横空出世之感。请看《短歌行》：

对酒当歌，人生几何！
譬如朝露，去日苦多。
慨当以慷，忧思难忘。
何以解忧？唯有杜康。
青青子衿（jīn），悠悠我心。
但为君故，沉吟至今。
呦呦鹿鸣，食野之苹。
我有嘉宾，鼓瑟吹笙。
明明如月，何时可掇（duō）？

酒诗漫说 . . . .

忧从中来,不可断绝。

越陌度阡,枉用相存。

契阔谈䜩(yàn),心念旧恩。

月明星稀,乌鹊南飞。

绕树三匝(zā),何枝可依?

山不厌高,海不厌深。

周公吐哺(bǔ),天下归心。

这首诗以酒起兴,慷慨悲歌,表达的还是"安得猛士"的求才之心。曹操在爱才、聚才、用才上是可圈可点的。他写过论吏士行能令、求贤令、敕有司取士勿废偏短令等,强调不拘一格用人才;他还写过求言令,提倡广开言路。他用酒寄托他的求才若渴之心,也用酒寄托他的社会理想。他在《对酒》一诗中写道:

第六说◆慷慨的华丽

对酒歌,太平时,吏不呼门。

王者贤且明,宰相股肱(gōng)皆忠良。

咸礼让,民无所争讼。

三年耕有九年储,仓谷满盈。

斑白不负戴。

雨泽如此,百谷用成。

却走马,以粪其土田。

爵公侯伯子男,咸爱其民,以黜(chù)陟(zhì)幽明。

子养有若父与兄。

犯礼法,轻重随其刑。

路无拾遗之私。

囹(líng)圄(yǔ)空虚,冬节不断。

人耄(mào)耋(dié),皆得以寿终。

恩泽广及草木昆虫。

酒诗漫说

曹操通常被视作法家人物,从这首诗的内容来看,他受儒家影响很深。

曹氏父子,论诗歌的慷慨格调,曹操第一,曹丕第二,曹植第三。论诗歌的铺陈华美,曹植第一,曹丕第二,曹操第三。曹丕写过《典论》,在文学理论上贡献大,诗文俱佳,但几乎没有酒诗。曹植诗写得好,酒也喝得好。请看《箜(kōng)篌(hóu)引》:

置酒高殿上,亲交从我游。
中厨办丰膳,烹羊宰肥牛。
秦筝何慷慨,齐瑟和且柔。
阳阿(ē)奏奇舞,京洛出名讴(ōu)。
乐饮过三爵,缓带倾庶羞。
主称千金寿,宾奉万年酬。
久要(yāo)不可忘,薄终义所尤。

第六说 ◆ 慷慨的华丽

谦谦君子德，磬（qìng）折（shé）欲何求？
惊风飘白日，光景驰西流。
盛时不再来，百年忽我遒（qiú）。
生存华屋处，零落归山丘。
先民谁不死，知命复何忧？

起首就是"置酒高殿上，亲友从我游"，前半部分讲烹羊宰牛，秦筝齐瑟，奇舞名讴，极言酒宴之欢；后半部分则感叹"惊风飘白日，光景驰西流"，时不我与，人皆有死，唯有乐天知命。《名都篇》，撷取京洛少年一天的射猎与饮宴的生活剪影，描写了他们奔放快乐的生活。

名都多妖女，京洛出少年。
宝剑直千金，被服丽且鲜。
斗鸡东郊道，走马长楸（qiū）间。

酒诗漫说

驰骋未能半，双兔过我前。

揽弓捷鸣镝（dí），长驱上南山。

左挽因右发，一纵两禽连。

余巧未及展，仰手接飞鸢（yuān）。

观者咸称善，众工归我妍。

归来宴平乐，美酒斗十千。

脍（kuài）鲤臇（juàn）胎鰕（xiā），寒鳖炙熊蹯（fán）。

鸣俦（chóu）啸匹侣，列坐竟长筵（yán）。

连翩击鞠（jū）壤，巧捷惟万端。

白日西南驰，光景不可攀。

云散还城邑，清晨复来还。

"归来宴平乐，美酒斗十千。"后世的李白还会在诗中怀想曹植这两句的意象。后人解这首诗，每以为其有讽谕之意。我认为，在欣赏的时候，像李白一样，只看其文本意思就行了。曹植的哥哥曹丕就说过，诗赋不必寓教训。曹植表面上和曹丕不同，但时代的风气就是文学的自觉，曹植亦不能免。

曹植的酒诗还有《仙人篇》，是一首游仙诗。"玉樽盈桂酒，河伯献神鱼"，是曹植想象中的仙境。

第七说
沉醉的清醒

第七说 ◆ 沉醉的清醒

◆◆◆◆

阮籍和嵇康都在"竹林七贤"之列,阮籍只喝酒,嵇康喝酒兼服药(五石散)。阮籍《咏怀八十二首》选一:

一日复一朝,一昏复一晨。
容色改平常,精神自飘沦。
临觞(shāng)多哀楚,思我故时人。
对酒不能言,凄怆怀酸辛。
愿耕东皋(gāo)阳,谁与守其真。
愁苦在一时,高行伤微身。
曲直何所为,龙蛇为我邻。

阮籍认为,天地神仙都无意义,因此自己才沉湎于酒。加上他不想与意图篡位的司马氏合作,就借醉酒减少与外界的联系。司马昭想与阮籍结亲,阮籍把自己搞得连着大醉了两个月,一直到把事情拖黄了才醒过来。所以，鲁迅先生讲，阮籍的饮酒不独由于他的思想，大半倒在环境。阮籍对他看不上的人，一概报以白眼，以他的清高和才华，的确是"十有九人堪白眼"了，但是，他后来脾气变好，"口不臧否人物"。阮籍的诗慷慨激昂，但隐而不显，也是一种自我保护吧。

嵇康有一组诗，《赠兄秀才入军》共十八首，写的是送兄长参军。把兄弟情写得回环缠绵。

第十五首
闲夜肃清，朗月照轩。
微风动袿（guī），组帐高褰（qiān）。
旨酒盈樽，莫与交欢。
鸣琴在御，谁与鼓弹。
仰慕同趣，其馨若兰。
佳人不存，能不永叹。

第七说 ◆ 沉醉的清醒

"旨酒盈樽","鸣琴在御",可惜兄长一去,琴声酒味,无人共享,"谁与尽言","能不永叹",这真是"便纵有千种风情,更与何人说"啊。最有名的是第十四首,名句是"目送归鸿,手挥五弦。俯仰自得,游心太玄。嘉彼钓叟,得鱼忘筌。郢人逝矣,谁与尽言"。

嵇康比阮籍还高傲,又好发议论,后来被司马昭找理由杀了。

嵇康和阮籍在当时是大名士,有很多人向他们学习。虽然学不到他们下笔千言,但学会了他们的爱酒。刘勰说:"嵇康师心以遣论,阮籍使气以命诗。"如果再加一句,应该是"嵇阮有酒而成章"吧。

第八说
不归的刺客

第八说 ◆ 不归的刺客

◆◆◆◆

这里要提一下左思歌咏荆轲的诗。说到侠义,荆轲算天下第一。说到慷慨,"风萧萧兮易水寒,壮士一去兮不复还",这两句诗是天下第一。说到壮美的悲剧,燕太子丹饯别荆轲的那一场不归的酒局是天下第一。朱光潜先生说:"悲剧比别的任何文学形式更能表现杰出人物在生命最重要关头的最动人的生活,它也比别的任何文艺形式更能使我们感动,它唤起了我们最大量的生命能量,并使之得到充分地宣泄。"正是这种悲剧性的特殊力量,使得荆轲、高渐离、樊於期成为其后历朝历代的诗人们反复歌咏的主题。左思的《咏史》是较早写这个主题的。

荆轲饮燕市,酒酣气益震。

哀歌和渐离,谓若傍无人。

虽无壮士节,与世亦殊伦。

高眄(miǎn)邈四海,豪右何足陈。

酒诗漫说

贵者虽自贵,视之若埃尘。

贱者虽自贱,重之若千钧。

左思出身贫寒,精研细思写出《三都赋》,却无人注意,他无可奈何,自荐给当时的权威张华,张华大为叹赏,专门找人为赋作注解,《三都赋》声价陡增,一时间人们争相买纸传抄,致使"洛阳纸贵"。咏荆轲一首作于左思早年。千古文人侠士梦,当写到"荆轲饮燕市,酒酣气益震"的时候,左思一定神为之旺;而写到"贱者虽自贱,重之若千钧"的时候,他也一定想到自己冠绝一时的才华终究会有施展的一天吧。

第九说

菊杯与猛志

酒诗漫说・・・・・・・・・・・・・・・・・・・・・・・・・・

◆◆◆◆

该说陶渊明了。

如果说只能选一个代表中国古人诗酒情怀的人,这人非陶渊明莫属。从一定意义上讲,陶渊明就是诗酒,诗酒就是陶渊明。后来的诗人数不胜数,但写到酒,几乎没有人不会想到陶渊明,相当多的人不仅会想到,而且会写到陶渊明。如果说荆轲的易水绝别是诗酒的典型情节,那么陶渊明就是诗酒的典型人物了。先看看他写的《停云》:

思亲友也。罇湛新醪,园列初荣,愿言不从,叹息弥襟。

霭(ǎi)霭停云,濛濛时雨。

八表同昏,平路伊阻。

静寄东轩,春醪(láo)独抚。

良朋悠邈,搔首延伫(zhù)。

第九说 ◆ 菊杯与猛志

停云霭霭,时雨濛濛。
八表同昏,平陆成江。
有酒有酒,闲饮东窗。
愿言怀人,舟车靡从。

东园之树,枝条载荣。
竞用新好,以怡余情。
人亦有言:日月于征。
安得促席,说彼平生。

翩翩飞鸟,息我庭柯。
敛翮(hé)闲止,好声相和。
岂无他人,念子实多。
愿言不获,抱恨如何!

酒诗漫说

这首诗,可以用辛弃疾的几句词来解:"一尊搔首东窗里。想渊明,停云诗就,此时风味。江左沉酣求名者,岂识浊醪妙理。回首叫,云飞风起。"还不止此,辛弃疾后来罢官闲居在家,给自己修了个房子,就叫"停云堂"。

九九重阳,古称"九日",是喝酒赏菊的正日子。历史上写九日的诗甚多。陶渊明诗存世者一百四十多首,以九日命名的就有两首。他在《九日闲居》序言中写道:"余闲居,爱重九之名,秋菊盈园,而持醪靡由,空服九华,寄怀于言。"诗中说:

酒能祛(qū)百虑,菊解制颓龄。
……
尘爵耻虚罍(léi),寒华徒自荣。

意思是酒杯落满灰尘,空酒壶也感到羞耻;寒菊独自开放,白白浪费了荣华。

第九说 ◆ 菊杯与猛志

陶氏有《饮酒二十首》，序曰："余闲居寡欢，兼比夜已长，偶有名酒，无夕不饮，顾影独尽，忽焉复醉。既醉之后，辄题数句自娱，纸墨遂多，辞无诠次，聊命故人书之，以为欢笑尔。"诗中说，"衰荣无定在，彼此更共之"，因此，"忽与一樽酒"，要"日夕欢相持"，"泛此忘忧物，远我遗世情"，"一觞虽独进，杯尽壶自倾"，"悠悠迷所留，酒中有深味"，"且共欢此饮，吾驾不可回"！他反对"有酒不肯饮，但顾世间名"，"若复不快饮，空负头上巾"，喝多了难免出错，"但恨多谬误，君当恕醉人"。当然，这组诗中最有名的是：

　　　　结庐在人境，而无车马喧。
　　　　问君何能尔，心远地自偏。
　　　　采菊东篱下，悠然见南山。
　　　　山气日夕佳，飞鸟相与还。
　　　　此中有真意，欲辩已忘言。

酒诗漫说

陶渊明《杂诗十二首》，第一首写道：

> 人生无根蒂，飘如陌上尘。
> 分散逐风转，此已非常身。
> 落地为兄弟，何必骨肉亲！
> 得欢当作乐，斗酒聚比邻。
> 盛年不重来，一日难再晨。
> 及时当勉励，岁月不待人。

看！最后四句多么励志。但作者原意是勉励人们趁早多喝点，免得将来喝不动了。《读〈山海经〉十三首》，写到为西王母取食的三只青鸟，诗人畅想：

> 我欲因此鸟，具向王母言：
> 在世无所须，唯酒与长年。

第九说 ◆ 菊杯与猛志

陶渊明给自己拟挽歌辞，写道："千秋万岁后，谁知荣与辱？但恨在世时，饮酒不得足。"

但是，陶渊明也有另一面。他说："丈夫志四海，我愿不知老。""忆我少壮时，无乐自欣豫。猛志逸四海，骞（qiān）翮（hé）思远翥（zhù）。"他咏荆轲：

燕丹善养士，志在报强嬴（yíng）。
招集百夫良，岁暮得荆卿。
君子死知己，提剑出燕京。
素骥鸣广陌，慷慨送我行。
雄发指危冠，猛气冲长缨。
饮饯易水上，四座列群英。
渐离击悲筑，宋意唱高声。
萧萧哀风逝，淡淡寒波生。

酒诗漫说

商音更流涕,羽奏壮士惊。

心知去不归,且有后世名。

登车何时顾,飞盖入秦庭。

凌厉越万里,逶(wēi)迤(yí)过千城。

图穷事自至,豪主正怔(zhēng)营。

惜哉剑术疏,奇功遂不成。

其人虽已没(mò),千载有馀情。

他在《读〈山海经〉十三首》中赞美精卫填海:

精卫衔微木,将以填沧海。

刑天舞干戚,猛志固常在。

龚自珍有一次在旅行舟中读陶诗,写下这么几句:

第九说 ◆ 菊杯与猛志

陶潜酷似卧龙豪,万古浔阳松菊高。
莫信诗人竟平淡,二分梁甫一分骚。

二分卧龙豪气,一分离骚诗情。这样解析,可能会被陶渊明引为知音吧。

季羡林先生曾说,他最喜欢陶诗中的四句,这四句也是我最喜欢的。

纵浪大化中,不喜亦不惧。
应尽便须尽,无复独多虑。

第十说
俊逸的挥洒

第十说 ◆ 俊逸的挥洒

◆◆◆◆

鲍照比陶渊明年轻大约五十岁。他起于畎亩之中,是"废耕学文"的寒士。他的诗注重从民歌中汲取营养,"汰去浮靡,返于浑朴",在南朝文坛"颇自振拔",除写五言诗外,他还写了二十多首七言乐府,把七言诗推向了成熟阶段(陶渊明大多是五言,间有四言)。明代学者胡应麟说鲍照"开李杜之先鞭",杜甫评价李白的诗"清新庾开府,俊逸鲍参军",鲍参军指的就是鲍照。鲍照也写了不少酒诗。鲍照的酒诗于俊逸之中,呈现出一个从平民中成长起来、有丰富人生阅历的诗人诗酒情怀的诸多面相,我将其概括为七点。

一曰裁悲减思、得志相就之魄。请看他的《拟行路难十八首》中的两首:

奉君金卮(zhī)之美酒,玳(dài)瑁(mào)玉匣之雕琴。

七彩芙蓉之羽帐,九华蒲萄之锦衾(qīn)。

酒诗漫说 ·

红颜零落岁将暮,寒光宛转时欲沉。
愿君裁悲且减思,听我抵节行路吟。
不见柏梁铜雀上,宁闻古时清吹音!

君不见河边草,冬时枯死春满道。
君不见城上日,今暝(míng)没(mò)尽去,明朝复更出。
今我何时当然得,一去永灭入黄泉。
人生苦多欢乐少,意气敷腴在盛年。
且愿得志数相就,床头恒有沽酒钱。
功名竹帛非我事,存亡贵贱付皇天。

读鲍照十八首《拟行路难》,就像登泰山的十八盘,力深步沉而风景目不暇接。李白的《行路难》,从意象到精神,都有鲍照的影子,仅就《行路难》这一体裁而言,鲍实不亚于李。

第十说 ◆ 俊逸的挥洒

二曰朗月千里、酒至心宣之境。请看他的《代朗月行》：

朗月出东山，照我绮窗前。

……

为君歌一曲，当作朗月篇。

酒至颜自解，声和心亦宣。

千金何足重，所存意气间。

再请看《玩月城西门廨（xiè）中》：

始出西南楼，纤纤如玉钩。

末映东北墀（chí），娟娟似蛾眉。

蛾眉蔽珠栊，玉钩隔琐窗。

三五二八时，千里与君同。

夜移衡汉落，徘徊帷户中。

归华先委露,别叶早辞风。

客游厌苦辛,仕子倦飘尘。

休澣(huàn)自公日,宴慰及私辰。

蜀琴抽白雪,郢(yǐng)曲发阳春。

肴干酒未阕(què),金壶启夕沦。

回轩驻轻盖,留酌待情人。

月光下的酒是阴柔的、深情的、思念的、中和的、徐缓的,是可以喝不完留着下次喝的……月光之下,仍有意气比千金之叹,这就是鲍照。

三曰临流对雨、覆杯怀人之心。请看《三日》:

第十说 ◆ 俊逸的挥洒

气暄动思心,柳青起春怀。
时艳怜花药,服净悦登台。
提觞野中饮,爱心烟未开。
露色染春草,泉源洁冰苔。
泥泥濡(rú)露条,袅(niǎo)袅承风栽。
凫雏掇苦荠,黄鸟衔樱梅。
解衿欣景预,临流竞覆杯。
美人竟何在,浮心空自摧。

春色真美,春怀真深,春色越美,春怀越深,春色春怀两相催。再请看《苦雨》,其景与《三日》迥异,大雨连绵,鸟绝人断,是一种与世隔绝的苦楚,这时的酒也就别有滋味:

酒诗漫说

连阴积浇灌,滂沱下霖乱。

沉云日夕昏,骤雨望朝旦。

蹊(xī)汀走兽稀,林寒鸟飞晏。

密雾冥下溪,聚云屯高岸。

野雀无所依,群鸡聚空馆。

川梁日已广,怀人邈渺漫。

徒酌相思酒,空急促明弹。

四曰菊生高冈、对酒慨秋之叹。请看《答休上人》:

酒出野田稻,菊生高冈草。

味貌复何奇,能令君倾倒。

玉椀(wǎn)徒自羞,为君慨此秋。

金盖覆牙柈(pán),何为心独愁。

第十说 ◆ 俊逸的挥洒

前两句,朴素的像《诗经》里的。后四句韵脚一变,如同开一瓶不同香型的酒,又如同忽起一阵秋风,令人读之不禁生摇落之悲。

五曰书翰萦弦、把酒娱生之怀。请看《拟青青陵上柏》:

> 涓涓乱江泉,绵绵横海烟。
> 浮生旅昭世,空事叹华年。
> 书翰幸闲暇,我酌子萦弦。
> 飞镳(biāo)出荆路,骛(wù)服指秦川。
> 渭滨富皇居,鳞馆匝河山。
> 舆童唱秉椒,棹女歌采莲。
> 孚愉鸾阁上,窈(yǎo)窕(tiǎo)凤楹前。
> 娱生信非谬,安用求多贤。

六曰快意恩仇、离乡远游之悔。请看《代结客少年场行》:

酒诗漫说

骢（cōng）马金络头，锦带佩吴钩。

失意杯酒间，白刃起相雠（chóu）。

追兵一旦至，负剑远行游。

去乡三十载，复得还旧丘。

升高临四关，表里望皇州。

九涂平若水，双阙似云浮。

扶宫罗将相，夹道列王侯。

日中市朝满，车马若川流。

击钟陈鼎食，方驾自相求。

今我独何为，埳（kǎn）壈（lǎn）怀百忧。

七曰隐居山水、藏名琴酒之愿。请看《和王丞》：

第十说 ◆ 俊逸的挥洒

限生归有穷,长意无已年。

秋心日迥绝,春思坐连绵。

衔协旷古颜,斟酌高代贤。

遁(dùn)迹俱浮海,采药共还山。

夜听横石波,朝望宿岩烟。

明涧子沿越,飞萝予萦牵。

性好必齐遂,迹幽非妄传。

灭志身世表,藏名琴酒间。

无奈身逢乱世,鲍照最终未能藏名琴酒,五十二岁时被乱兵杀害。鲍照的七杯酒,在当时能饮尽的又有几人呢?

第十一说
清绮的铿锵

第十一说 ◆ 清绮的铿锵

◆◆◆◆

　　杜甫赞美李白的诗写得犹如鲍照和庾信，李白固然受这两位的影响，但他最佩服的却是谢朓（tiǎo），"一生低首谢宣城"。谢朓生于464年，在他两岁时，鲍照就被杀害了。与鲍照不同，谢朓出身南朝大族，高祖是谢安的二哥谢据，曾祖辞官归隐，祖父是太守，祖母是《后汉书》的作者范晔的妹妹，父亲是散骑侍郎，母亲是宋文帝的女儿。当然，与南渡之初相比，有点一代不如一代，又因范晔谋反受到牵连，他的家世日渐衰微。谢朓本人做过南齐的将军、太守等职位，因卷入政治纷争，三十六岁就被杀死。虽然如此，谢家子弟毕竟是谢家子弟，他在文学上的贡献是很大的。谢朓和沈约共倡"四声八病"之说，从那时起，诗歌才开始讲究音律，开了唐代律体诗的先河。他的诗清绮圆融，在当时就被梁简文帝赞为"文章之冠冕，述作之楷模"。杜甫曾赞叹"谢朓每篇堪讽诵"。

　　谢朓的酒诗，很多可以作为那个时代的"雅"和"颂"来读。如他写的天子元旦宴会群臣的《元会曲》：

酒诗漫说

二仪启昌历,三阳应庆期。

珪贽(zhì)纷成序,鞮(dī)译憬来思。

分阶艳(xì)组练,充庭罗翠旗。

觞流白日下,吹溢景云滋。

天仪穆藻殿,万宇寿皇基。

酒杯在夕阳之下,音乐传祥云之上。肃穆而又热烈,庄重而又欢欣,极尽铺陈之能事。再看他写的《钧天曲》,也是歌颂帝王的:

高宴颢天台,置酒迎风观(guàn)。

笙镛(yōng)礼百神,钟石动云汉。

瑶堂琴瑟惊,绮席舞衣散。

威凤来参(cēn)差(cī),玄鹤起凌乱。

已庆明庭乐,讵(jù)惭南风弹。

第十一说 ◆ 清绮的铿锵

出身好、诗文好,正适合写那个时代的"雅"和"颂"。只是这一首又是惊又是散,参差还凌乱,隐约也是南朝纷乱政治的写照。

大小谢都以山水诗闻名,但谢朓的山水诗与谢灵运的不同。读谢灵运的诗好像逛公园,逛了一个又是一个,逛完就完了。谢朓将情和景、意和象处理得浑然一体。谢灵运的山水诗里几乎没有酒,这一点颇为奇怪,谢朓就不一样了。对于谢朓来说,酒和山水是一体的。看他的《与江水曹至干滨戏》:

> 山中上芳月,故人清樽赏。
> 远山翠百重,回流映千丈。
> 花枝聚如雪,芜丝散犹网。
> 别后能相思,何嗟(jiē)异封壤。

山上有月,手中有酒,所见者远山、中流、近花、旁芜,所

酒诗漫说 ·

思者别后之思。再看《落日同何仪曹煦》：

参（cēn）差（cī）复殿影，氛（fēn）氲（yūn）绮罗杂。
独入天渊池，芰（jì）荷摇复合。
远听雀声聚，回望树阴沓（tà）。
一赏桂尊前，宁伤蓬鬓飒（sà）。

《休沐重还丹阳道中》：

薄游第从告，思闲愿罢归。
还邛（qióng）歌赋似，休汝车骑非。
灞池不可别，伊川难重违。
汀葭（jiā）稍靡靡，江菼（tǎn）复依依。
田鹄（hú）远相叫，沙鸨（bǎo）忽争飞。
云端楚山见，林表吴岫（xiù）微。

第十一说 ◆ 清绮的铿锵

试与征徒望,乡泪尽沾衣。

赖此盈樽酌,含景望芳菲。

问我劳何事,沾沐仰青徽。

志狭轻轩冕,恩甚恋闺闱(wéi)。

岁华春有酒,初服偃(yǎn)郊扉。

处处写景,又"通体言情,其旨婉,其辞逸"(清人陈祚明语)。这里的"赖此盈樽酌,含景望芳菲",是酒和景的美好映衬。最后一句"初服"出自《楚辞》,指出仕前的衣服,寓退隐山林之意。

谢朓的诗水准都不低,几乎没有败笔,难怪杜甫说"谢朓每篇堪讽诵"。谢朓的诗是比较平和的,虽然不乏意象开张的句子,但并不属于豪放派,在某种程度上说甚至有点技术流的意味,像王羲之的字,像巴赫的音乐,"不激不厉而风规自远"。这对于一个只活了三十多岁的诗人来讲,实在是很难得的。你看他的起承

酒诗漫说

转合,就像王羲之书法的起笔、行笔、转折和收笔。李白说小谢"清发",王夫之说小谢"空浅",确实是空于所当空,浅于所当浅,清于所当清,发于所当发。

我们集中看一下谢朓写酒的句子。

"渠盌(wǎn)送佳人。玉杯邀上客。车马一东西,别后思今夕。"(《金谷聚》)

"飞雪天山来,飘聚绳棂外……有酒招亲朋,思与清颜会。"(《答王世子》)

"零落悲友朋,欢娱燕兄弟。"(《始出尚书省》,与杜甫的"访旧半为鬼,惊呼热中肠"相类,绝似中年以后情。)

"鱼戏新荷动,鸟散余花落。不对芳春酒,还望青山郭。"(《游东田》)要不是因为要喝酒,我还在山水间游玩呢!

"寂寞此闲帷,琴樽任所对。"(《冬绪羁怀》)

"山川不可梦,况乃故人杯。"(《离夜》)

"春夜别清樽,江潭复为客。叹息东流水,如何故乡陌。"

第十一说 ◆ 清绮的铿锵

(《和别沈右率诸君》)

"嘉舫(fáng)聊可荐,绿蚁方独持。"(《在郡卧病呈沈尚书诗》,以鱼下酒,是《诗经》以来的传统。绿蚁,又作渌蚁,指酒,本意是酒上面泛起的泡沫。)

"已对浊樽酒,复此故乡客。"(《同羁夜集》)

如果用一种酒来比喻谢朓的诗,应该是什么酒呢?

第十二说
清新与萧瑟

第十二说 ◆ 清新与萧瑟

◆◆◆◆

谢朓死后十四年，513年，庾（yǔ）信出生了。这是一个"七世举秀才""五代有文集"的家庭。他的父亲庾肩吾，是梁晋安王萧纲（后称帝，即梁简文帝）的近臣，诗名满江南，还是一位书法家和书法理论家，草隶兼善，著有《书品》。庾肩吾把当时和以前的书家一百二十三人分为三等九品，其中张芝、钟繇（yáo）、王羲之列为上之上。他认为，论"工夫"，排序为张、王、钟；论"天然"，排序为钟、王、张。无论从哪个角度看，现在大家推崇的"书圣"王羲之都排在第二位。这些评价很有意思，也确有道理。如果从工夫和天然这两个范畴看，庾氏父子在文学史上都是有一笔的，有一个概念叫"徐庾体"，徐指徐摛（chī）、徐陵父子，庾就是庾氏父子。徐庾体与之前的南齐"永明文学"（谢朓即其中的一个代表）相比，更拘声韵，更尚丽靡，有些诗篇更接近于唐诗。庾信精通儒学，博览群书，文重绮艳。《周书·庾信传》说，他"每有一文，京都莫不传诵"，足见其文名之盛。

酒诗漫说 ·

庾信活到六十九岁。三十六岁之前，赶上了好时候，"五十年间，江表无事"，"朝野欢娱，池台钟鼓"，他本人是职兼文武的近臣。三十六岁时，赶上侯景之乱，他经历了兵败、丧子之痛。庾信善辞令，善外交。四十二岁时，奉命出使西魏，其后再也没能回到江南，魏而周，周而隋，终老于长安。庾信一生中拐了两个大弯，历四政权十君主，这对他的文学创作影响深巨。他由南入北之后，诗文多亡国之痛、身世之悲和思乡之苦。其实，他在北朝的日子过得挺好，大部分时间都在做官，之所以北朝不放他回来，是因为他是文化界的标志性人物，舍不得放走。据吕思勉先生的研究，南北朝时期虽然很乱，但北朝一直把南朝作为文化正宗和学习榜样。

存世的庾信诗文多写于北朝时期，但他在南朝时有一首重要诗作《燕歌行》，写在他四十岁时。

第十二说◆清新与萧瑟

代北云气昼昏昏,千里飞蓬无复根。
寒雁嗈(yōng)嗈渡辽水,桑叶纷纷落蓟(jì)门。
晋阳山头无箭竹,疏勒城中乏水源。
属国征戍久离居,阳关音信绝能疏。
原得鲁连飞一箭,持寄思归燕将书。
渡辽本自有将军,寒风萧萧生水纹。
妾惊甘泉足烽火,君讶渔阳少阵云。
自从将军出细柳,荡子空床难独守。
盘龙明镜饷秦嘉,辟(bì)恶生香寄韩寿。
春分燕来能几日,二月蚕眠不复久。
洛阳游丝百丈连,黄河春冰千片穿。
桃花颜色好如马,榆荚新开巧似钱。
蒲桃一杯千日醉,无事九转学神仙。
定取金丹作几服,能令华表得千年。

《燕歌行》始自曹丕,"言时序迁换,行役不归,妇人怨旷无

酒诗漫说

所诉"(《乐府解题》)。大约在552年,王褒写过一首《燕歌行》,梁元帝和诸位文士和之,庾信写的就是一首和诗。论者认为,这首诗既开了唐诗七古的先河,也开了唐代边塞诗的先河。庾信对自己这首诗应该是相当满意的,晚年作《哀江南赋》,还写到"燕歌远别,悲不自胜",想起自己盛年时期写的《燕歌行》。

《燕歌行》中的酒是奔放潇洒的,"蒲桃一杯千日醉",葡萄酒入诗,一醉千日入诗,应该都是始于此。仅凭这一点,就可以称之为酒诗之绝唱了。

《和炅法师游昆明池》是庾信初到长安时的作品,俪偶对切,精丽圆妥:

秋光丽晚天,鹢(yì)舸(gě)泛中川。
密菱障浴鸟,高荷没钓船。
碎珠萦断菊,残丝绕折莲。
落花催斗酒,栖鸟送一弦。

第十二说 ◆ 清新与萧瑟

在北朝,庾信还有不少欢娱闲适、感恩赐酒的酒作:

"琴从绿珠借,酒就文君取。"(《对酒歌》)

"愁人坐狭斜,喜得送流霞。"(《卫王赠桑落酒奉答诗》)

"愿持河朔饮,分劝东陵侯。"(《就蒲州使君乞酒诗》)

"细柳望蒲台,长河始一回。秋来几过洛,春蚁未曾开。"(《蒲州刺史中山公许乞酒一车未送诗》)

"今朝一壶酒,实是胜千金。"(《奉答赐酒鹅诗》)

"欣兹河朔饮,对此洛阳才。残秋欲屏扇,馀菊尚浮杯。"(《聘齐秋晚馆中饮酒诗》)

"今日小园中。桃花数树红。开君一壶酒,细酌对春风。"(《答王司空饷酒诗》)

"数杯还已醉,风云不复知。唯有龙吟笛,桓伊能独吹。"(《对酒诗》)

"此时逢一醉,应枯反更荣!"(《奉答赐酒诗》)

"刘伶正捉酒,中散欲弹琴。但使逢秋菊,何须就竹林。"

酒诗漫说 ·

(《暮秋野兴赋得倾壶酒诗》)

但欢娱的底色是惆怅,越到晚年越甚,庾信五十多岁的时候,写过一组《拟咏怀》,共二十七首,沉郁凄美,允称名作。其中有酒的三首:

其一

步兵未饮酒,中散未弹琴。

索索无真气,昏昏有俗心。

涸鲋(fù)常思水,惊飞每失林。

风云能变色,松竹且悲吟。

由来不得意,何必往长岑。

其十一

摇落秋为气,凄凉多怨情。

啼枯湘水竹,哭坏杞梁城。

第十二说 ◆ 清新与萧瑟

天亡遭愤战,日蹙(cù)值愁兵。

直虹朝映垒,长星夜落营。

楚歌饶恨曲,南风多死声。

眼前一杯酒,谁论身后名!

其二十五

怀抱独惛(hūn)惛,平生何所论。

由来千种意,并是桃花源。

穀(gǔ)皮两书帙(zhì),壶卢一酒樽。

自知费天下,也复何足言。

如果说在《燕歌行》时代,庾信尚有"为赋新词强说愁"的豪气,那么到了《拟咏怀》时代,已有"却道天凉好个秋"的况味了。

第十三说
隐者的余味

第十三说◆隐者的余味

◆◆◆◆

罗贯中说，天下大势，分久必合合久必分。经过三百多年的分裂，中国于隋朝实现了统一。

隋朝时间短，只有三十八年。鲁迅先生说，中国历史上，短命的王朝，往往名声不大好，因为后人修史一般会往坏了写。隋文帝得到的评价还可以，但隋炀帝就被目为暴君。隋炀帝在位十四年，前七年被公认为隋朝的全盛时期，后七年因为徭役和兵役过重，发动战争太多，民不堪命，遂致覆亡。有隋一代，通运河，建粮仓，开科举，建三省六部，搜罗散落在民间的古代典籍，加强文化建设，是做了不少事的。我们常说大唐盛世，实际上隋代也有过短暂的盛世。据统计，隋炀帝大业五年（609），全国人口高达四千六百多万。当然，隋朝没有逃脱兴勃亡忽的历史周期律，经过连年战乱，到唐高祖武德七年（624），全国人口减少到一千五百万。易代之际，中国人的诗酒情怀保留着前朝的流风遗韵，也开始酝酿新的滋味。

酒诗漫说

王绩（585—644），是继陶渊明之后又一个耽于诗酒的诗人。他少年成名，被称为"神童仙子"，在隋代被任命为秘书省正字，但他不愿做朝官，到扬州做了个县丞，因嗜酒误事被弹劾解职。唐高祖时又应召到门下省任待诏。他觉得待诏虽俸禄不高，但每天会发三升好酒足以令人留恋，后来人家给他的酒增加到一斗，时称"斗酒学士"。王绩写过《酒经》《酒谱》，他曾为杜康建庙，还学习陶渊明的《五柳先生传》写过《五斗先生传》，又被称为"酒家之南董"。他为五言律诗的发展做出过贡献，因此时常被论诗的人谈起；他对中国的酒文化做出的贡献，也是我们应该铭记的。他写的《赠程处士》：

百年长扰扰，万事悉悠悠。
日光随意落，河水任情流。
礼乐囚姬旦，诗书缚孔丘。
不如高枕枕，时取醉消愁。

第十三说 ◆ 隐者的余味

周公和孔子都被礼乐诗书束缚住了,人生如寄,不如多喝点酒,到醉乡里消愁吧。这是学儒不如醉的意思。再如《赠学仙者》:

采药层城远,寻师海路赊(shē)。
玉壶横日月,金阙断烟霞。
仙人何处在,道士未还家。
谁知彭泽意,更觅步兵那。
春酿煎松叶,秋杯浸菊花。
相逢宁可醉,定不学丹砂。

学仙修道太辛苦了,而且虚无缥缈。还是应该学习陶渊明和阮籍,相逢醉倒,不要炼丹服砂了。这是学仙不如醉的意思。《尝春酒》则说:

酒诗漫说

野觞浮郑酌,山酒漉(lù)陶巾。
但令千日醉,何惜两三春。

郑指郑玄,东汉时期的大学问家,也是一位酒的专家。他注的"三礼",里面有很多关于酿酒和饮酒规范的内容。郑玄有海量,《后汉书》说他"身长八尺,饮酒一斛,秀眉明目,容仪温伟"。袁绍组织人在宴会上轮番向郑玄劝酒,结果郑玄从早上到晚上三百杯不醉。有人认为,李白的诗"会须一饮三百杯"应该就是取自郑玄的典故。野觞山酒,向郑玄与陶渊明看齐,最好能一醉千日,即使错过两三个春天,也在所不惜。这是赏景不如醉的意思。

论者都把陶渊明看成真隐,因为陶彻底融入田园诗酒之中,而王绩是欲隐还出。他的《野望》一诗写道:

第十三说 ◆ 隐者的余味

> 东皋薄暮望,徙倚欲何依。
> 树树皆秋色,山山唯落晖。
> 牧人驱犊返,猎马带禽归。
> 相顾无相识,长歌怀采薇。

无人识,无处依,王绩虽身处田园,而心出其外,确实和陶渊明迥异其趣。如果说陶渊明最后把自己修炼成一位达观的、合群的、悠然的、内心积极的隐士,王绩则是一个纠结的、孤独的、紧张的、隐而欲出的人。在隋唐易代之际,统一的中国开始有一种蓬勃之气,又时处动荡之中,宜乎出现一个这样的人。历史的车轮滚滚向前,很快就进入"圣代无隐者,英灵尽来归"的时代,而历史的酒坛也要被盛世的新醅盛满了。

第十四说
新醅的清香

第十四说 ◆ 新醅的清香

◆◆◆◆

古人的概括，往往简单而准确。比如，说到"子"，孔孟老庄，往往和思想相关联，即便是建安七子这样的群体，也不仅仅是简单的文人。说到"贤"，总得在立德上有所建树。说到"家"，如唐宋八大家，则多少有点通才的意味，必是诗高文豪之士方能称之。说到"杰"，则给人一种鲜明靓丽之感。初唐四杰就是一群这样的人。讲到他们，闻一多先生认为，王杨和卢骆有诸多不同，但他们能在一起被称为"四杰"，也必然是有共通之处的。这种共通之处，我认为，就是他们的诗歌都是阔大的，也是充满朝气的。而这种阔大与朝气，则与唐初的经济社会政治文化环境密不可分。

初唐四杰所处的时代，有统一的国度，广袤的国土，"城阙辅三秦，风烟望五津"这样的诗句，前句描写长安，后句遥想四川，既是写实，又有想象，这样的句子，如同李白的"燕草如碧丝，秦桑低绿枝"一样，在分裂的时代是很难写出来的。

酒诗漫说

他们的时代，寒士有科举之机，布衣有进身之阶。科举取士成为选任人才的重要渠道，社会大众都可以抱有"朝为田舍郎，暮登天子堂"的梦想。科举制度虽然有诸多不足，但在打破阶层固化，吸引聚拢人才上是伟大的创造。四人中，王杨都属于"少年班"。王勃在十六岁上应幽素科试及第，授朝散郎。杨炯十岁时应弟子举及第，被举为神童。卢照邻少有才名，骆宾王六岁时就写出了"鹅鹅鹅"。爱才惜才，是那时的风气。骆宾王写《讨武曌檄》，武则天读后，不是感慨被人造了反，而是感慨为什么没早日发现和使用骆宾王这个人才。

从诗歌发展本身来讲，他们的时代，旧的诗体已经不能表现丰富的社会生活了。卢骆改造了宫体诗，"卢骆的歌行，是用铺张扬厉的赋法膨胀过了的乐府新曲……以市井的放纵改造宫廷的堕落，以大胆代替羞怯，以自由代替局缩"。王杨则改造了五律，写出了"完整的真正唐音的抒情诗"。"宫体诗在卢骆手里由宫廷走到市井，五律到王杨的时代从台阁移到江山与塞漠"（闻一多

第十四说 新醅的清香

语)。在这样的背景下,初唐四杰诗中的酒也摆在了江山塞漠与市井红尘之中。

我们看杨炯开阔的菊花泛酒。

《和酬虢(guó)州李司法》

唇齿标形胜,关河壮邑居。
寒山抵方伯,秋水面鸿胪(lú)。
君子从游宦,忘情任卷舒。
风霜下刀笔,轩盖拥门闾。
平野芸黄遍,长洲鸿雁初。
菊花宜泛酒,浦叶好裁书。
昔我芝兰契,悠然云雨疏。
非君重千里,谁肯惠双鱼。

酒诗漫说

我们看卢照邻广袤的江湖独酌,如《于时春也,慨然有江湖之思,寄赠柳九陇》:

提琴一万里,负书三十年。
晨攀偃蹇(jiǎn)树,暮宿清泠(líng)泉。
翔禽鸣我侧,旅兽过我前。
无人且无事,独酌还独眠。
遥闻彭泽宰,高弄武城弦。
形骸寄文墨,意气托神仙。
我有壶中要,题为物外篇。
将以贻好道,道远莫致旃(zhān)。
相思劳日夜,相望阻风烟。
坐惜春华晚,徒令客思悬。
水去东南地,气凝西北天。
关山悲蜀道,花鸟忆秦川。

第十四说 ◆ 新醅的清香

天子何时问，公卿本亦怜。

自哀还自乐，归薮（sǒu）复归田。

海屋银为栋，云车电作鞭。

倘遇鸾将鹤，谁论貂与蝉。

莱洲频度浅，桃实几成圆。

寄言飞凫舄（xì），岁晏（yàn）同联翩。

我们看王勃新鲜活泼的春饮。

《山扉夜坐》

抱琴开野室，携酒对情人。

林塘花月下，别似一家春。

酒诗漫说

《春园》

山泉两处晚,花柳一园春。
还持千日醉,共作百年人。

我们看骆宾王粗粝奔放的鹦鹉杯中的竹叶酒,如《代女道士王灵妃赠道士李荣》:

……

香轮宝骑竞繁华,可怜今夜宿倡家。
鹦鹉杯中浮竹叶,凤凰琴里落梅花。
许辈多情偏送款,为问春花几时满。
千回鸟信说众诸,百过莺啼说长短。
长短众诸判不寻,千回百过浪关心。
何曾举意西邻玉,未肯留情南陌金。

第十四说 ◆ 新醅的清香

南陌西邻咸自保,还辔(pèi)归期须及早。

为想三春狭斜路,莫辞九折邛(qióng)关道。

假令白里似长安,须使青牛学剑端。

蘋(pín)风入驭来应易,竹杖成龙去不难。

龙飙(biāo)去去无消息,鸾镜朝朝减容色。

君心不记下山人,妾欲空期上林翼。

上林三月鸿欲稀,华表千年鹤未归。

不分淹留桑路待,秖(zhī)应直取桂轮飞。

我们再看卢照邻酣畅淋漓鹦鹉杯中的屠苏酒,如著名的《长安古意》:

长安大道连狭斜,青牛白马七香车。

玉辇(niǎn)纵横过主第,金鞭络绎向侯家。

龙衔宝盖承朝日,凤吐流苏带晚霞。

酒诗漫说

百尺游丝争绕树,一群娇鸟共啼花。

游蜂戏蝶千门侧,碧树银台万种色。

复道交窗作合欢,双阙连甍(méng)垂凤翼。

梁家画阁中天起,汉帝金茎云外直。

……

汉代金吾(yù)千骑来,翡翠屠苏鹦鹉杯。

罗襦(rú)宝带为君解,燕歌赵舞为君开。

别有豪华称将相,转日回天不相让。

意气由来排灌夫,专权判不容萧相。

专权意气本豪雄,青虬(qiú)紫燕坐春风。

自言歌舞长千载,自谓骄奢凌五公。

节物风光不相待,桑田碧海须臾改。

昔时金阶白玉堂,即今惟见青松在。

寂寂寥寥扬子居,年年岁岁一床书。

独有南山桂花发,飞来飞去袭人裾(jū)。

第十四说 ◆ 新醅的清香

最动人的,是花舞大唐春的繁盛之酒。请看卢照邻的《元日述怀》:

> 筮(shì)仕无中秩,归耕有外臣。
> 人歌小岁酒,花舞大唐春。
> 草色迷三径,风光动四邻。
> 愿得长如此,年年物候新。

卢照邻这几句诗,写归隐,也是一种蓬勃的洒脱,于微观的风光草色人歌花舞之中,呈现朝气充盈的大唐气象。当然,四人是命途多舛的,其中三人死于非命。不过,在那由衰转盛的时代,个人的悲剧本容易被淡忘,而他们那些流传久远的诗篇,则成了人们记忆中鲜明的印记。

第十五说
按下的酒杯

第十五说 ◆ 按下的酒杯

◆◆◆◆

陈子昂和初唐四杰不同，十九岁才开始发奋读书，后来成了一位很厉害的诗人。厉害，不是因为他写得多，而是因为他写得好。好到什么程度呢？李白、杜甫、韩愈、白居易都对他佩服得五体投地。那一首广为传唱的"前不见古人，后不见来者。念天地之悠悠，独怆然而涕下！"是大家所熟知的，已经融入中国人的文化基因。瑞安·霍利迪说："最伟大的艺术和成就往往来自同虚空周旋的过程。"这首诗应算是和虚空周旋的极致了。他还有一组《感遇》诗，一经写出，便成高标。杜甫在四川时，专程到射洪探访陈子昂的故居，写下"终古立忠义，《感遇》有遗编"（《陈拾遗故宅》）的诗句。明代的邵廉，在《陈拾遗集序》开篇写道："苏文忠称韩昌黎文起八代之衰，文家以为名言。诗自三百篇而下千五百年，屈子《离骚》、阮嗣宗《咏怀》、陈伯玉《感遇》而已！"这就把《感遇》说到极高处了。虽然是出于个人的偏好，但也足以说明《感遇》的不一般。

酒诗漫说

陈子昂有责任心,有谋略。他多次向向武则天进表,比如唐高宗死在洛阳,他写了篇《谏灵驾入京书》,主张就在洛阳埋葬唐高宗,不要运回长安,以免劳民伤财。武则天也不止一次召见陈子昂,听取他对内政外交国防的意见。陈子昂随军出征两次,第一次到居延方向,第二次到幽燕方向。第二次就是随从武则天的侄子武攸宜去的,武攸宜吃了败仗,陈子昂痛切陈词,要求分他一万人马,以求反败为胜。武攸宜觉得陈子昂只是个文弱书生,在身边还能做个参谋,独自领兵打仗肯定不行,就没答应他。陈子昂受到冷落,十分郁闷。他那首《登幽州台歌》就是在这时写的。从前线回来后,陈子昂以回家照顾老人为由辞归射洪。回家后没多久,县令找个理由勒索陈家钱财,把他关了起来,后来陈子昂竟死于狱中,年仅四十三岁。

"子昂有天下大名而不以矜人,刚果强毅而未尝忤物,好施轻财而不求报,性不饮酒至于契情会理兀然而醉,工为文而不好作,其立言措意在王霸大略而已,时人不知之也。尤重交友之

第十五说 ◆ 按下的酒杯

分,意气一合,虽白刃不可夺也。"(《陈氏别传》)这真是一位可爱的诗人!不爱喝酒,但酒逢知己也会把自己弄醉。那三十八首《感遇》诗,多是对一些基本问题的追问与感叹,内容芜而不杂,风格沉郁而雄浑。屈原有楚辞《天问》,《感遇》则是天地之问,春秋之问,家国之问,忠奸之问,智遇之问,三教之问,求道之问,仕隐之问……涉及世界观与人生观的诸多问题。陈子昂发现,对于这些问题,酒是不能给出答案的。例如第六首:

吾观龙变化,乃知至阳精。
石林何冥密,幽洞无留行。
古之得仙道,信与元化并。
玄感非象识,谁能测沉冥。
世人拘目见,酣酒笑丹经。
昆仑有瑶树,安得采其英。

这首诗想告诉人们,求仙修道似乎是可以实现的,但当世之人,只相信亲眼所见方为真实,喝得醉醺醺并耻笑丹经是胡说八道,这样如何得道?再如以下三首:

第十二首

呦呦南山鹿,罹(lí)罟(gǔ)以媒和。

招摇青桂树,幽蠹(dù)亦成科。

世情甘近习,荣耀纷如何。

怨憎未相复,亲爱生祸罗。

瑶台倾巧笑,玉杯殒双蛾。

谁见枯城蘖,青青成斧柯。

第十七首

幽居观天运,悠悠念群生。

终古代兴没,豪圣莫能争。

第十五说 ◆ 按下的酒杯

三季沦周赧（nǎn），七雄灭秦嬴（yíng）。

复闻赤精子，提剑入咸京。

炎光既无象，晋虏复纵横。

尧禹道已昧，昏虐势方行。

岂无当世雄，天道与胡兵。

咄（duō）咄安可言，时醉而未醒。

仲尼溺东鲁，伯阳遁西溟（míng）。

大运自古来，旅人胡叹哉。

第二十首

玄天幽且默，群议曷（hé）嗤（chī）嗤！

圣人教犹在，世运久陵夷。

一绳将何系？忧醉不能持。

去去行采芝，勿为尘所欺。

酒诗漫说 ·······················

　　玉杯可致亡国之恨，时代则是醉而未醒。圣人之教因为忧醉而一绳难系……旅人啊，大运如此，你又何必叹息。去吧，去深山里采芳草吧，别在这尘世受人欺侮了。

　　这不正是陈子昂版的《离骚》么！

第十六说
月光照金樽

酒诗漫说

◆◆◆◆

该谈李白了。如果说前面讲到的那些诗人是群山,李白则是巍峨的主峰。

当我们说到李白的时候,我们在说什么?是说李白这个人,更是说李白的诗、李白的酒。

说起李白这个人,有些神龙不见首尾:他的家世没有定论,是哪里人没有定论;他是生病而死,还是酒醉坠江而死,没有定论;他一生中去过长安几次,没有定论。不过,说起李白的诗,我们很难想象任何一个头脑健全的中国人不会背诵几句的。在不远的过去,很偏僻的地方的酒馆也会挂上个"太白遗风"的酒旗。李白的影响不止及于中国,日本有一种清酒,商标就叫"李白","月下独酌""两人对酌"等是它的系列产品的名字。是的,李白简直就是美酒的代表,也是豪饮的代表。笔者曾在一位日本朋友家中看到墙上挂着李白的诗:

第十六说 ◆ 月光照金樽

两人对酌山花开,一杯一杯复一杯。
我醉欲眠卿且去,明朝有意抱琴来。

"美不自美,因人而彰。"李白是一个人,更是一种生命状态,他通过诗歌创造了一个审美的世界,酒诗是其中最灿烂的部分之一。

李白的酒诗是自然朴素的。这些诗歌之所以风行于世,很大程度上是因为它们"清水出芙蓉,天然去雕饰":用典不多,虽然他博闻强记,对于用典可以做到信手拈来,而且极为准确贴切;意象也不多,风、花、雪、月、愁、侠、马、剑、琴、欢,几个核心的意象,配上一樽美酒,就是一首让人回味无穷的诗歌;他显然是一个怕麻烦读者的诗人,就连生僻字都用得很少,很多诗就是大白话,平淡至极,也绚烂至极。刚才举的那首诗便是如此。另如《对酒》:

酒诗漫说

劝君莫拒杯,春风笑人来。
桃李如旧识,倾花向我开。
流莺啼碧树,明月窥金罍(léi)。
昨日朱颜子,今日白发催。
棘(jí)生石虎殿,鹿走姑苏台。
自古帝王宅,城阙闭黄埃。
君若不饮酒,昔人安在哉?

再如《待酒不至》:

玉壶系青丝,沽酒来何迟。
山花向我笑,正好衔杯时。
晚酌东窗下,流莺复在兹。
春风与醉客,今日乃相宜。

第十六说 ◆ 月光照金樽

李白的酒诗是开阔壮美的。如果说初唐四杰的诗在空间上拓展到了市井、山川与荒漠，陈子昂的诗在时间上延伸到了辽远的历史之中，那么李白则在更广阔的时空坐标之中、更奇瑰的想象世界里自由地遨游。"君不见黄河之水天上来，奔流到海不复回"是为大家所熟知的。另如《江夏赠韦南陵冰》：

胡骄马惊沙尘起，胡雏饮马天津水。
君为张掖近酒泉，我窜三巴九千里。
天地再新法令宽，夜郎迁客带霜寒。
西忆故人不可见，东风吹梦到长安。
宁期此地忽相遇，惊喜茫如堕烟雾。
玉箫金管喧四筵（yán），苦心不得申长句。
昨日绣衣倾绿尊，病如桃李竟何言。
昔骑天子大宛马，今乘款段诸侯门。
赖遇南平豁方寸，复兼夫子持清论。

酒诗漫说

> 有似山开万里云，四望青天解人闷。
> 人闷还心闷，苦辛长苦辛。
> 愁来饮酒二千石，寒灰重暖生阳春。
> 山公醉后能骑马，别是风流贤主人。
> 头陀云月多僧气，山水何曾称人意。
> 不然鸣笳按鼓戏沧流，呼取江南女儿歌棹（zhào）讴。
> 我且为君槌（chuí）碎黄鹤楼，君亦为吾倒却鹦鹉洲。
> 赤壁争雄如梦里，且须歌舞宽离忧。

"槌碎黄鹤楼""倒却鹦鹉洲"，后人写的酒诗，常常引用这两句，算是对太白的呼应。

《月下独酌》的第二首：

> 天若不爱酒，酒星不在天。
> 地若不爱酒，地应无酒泉。

第十六说 ◆ 月光照金樽

  天地既爱酒,爱酒不愧天。
  已闻清比圣,复道浊如贤。
  贤圣既已饮,何必求神仙。
  三杯通大道,一斗合自然。
  但得酒中趣,勿为醒者传。

  善于通过细节感发,是李白酒诗的又一大特点,也是李白成其为伟大诗人的重要标志。再来看《秋浦清溪雪夜对酒,客有唱山鹧鸪者》:

  披君貂襜(chān)褕(yú),对君白玉壶。
  雪花酒上灭,顿觉夜寒无。
  客有桂阳至,能吟山鹧(zhè)鸪(gū)。
  清风动窗竹,越鸟起相呼。
  持此足为乐,何烦笙与竽。

酒诗漫说

好一个"雪花酒上灭",秋浦,清溪,初雪,乍寒,清歌,欢鸟……雪花无声地飘入清凉的酒杯,饮上一杯化了雪的酒,所有的寒冷都驱散了。接着看《侠客行》:

赵客缦(màn)胡缨,吴钩霜雪明。
银鞍照白马,飒沓如流星。
十步杀一人,千里不留行。
事了拂衣去,深藏身与名。
闲过信陵饮,脱剑膝前横。
将炙(zhì)啖(dàn)朱亥,持觞劝侯嬴。
三杯吐然诺,五岳倒为轻。
眼花耳热后,意气素霓生。
救赵挥金槌,邯郸先震惊。
千秋二壮士,烜(xuān)赫大梁城。
纵死侠骨香,不惭世上英。
谁能书阁下,白首太玄经。

第十六说 ◆ 月光照金樽

这首诗,把动人的细节蕴藏于壮美之中,特别是"脱剑膝前横",把侠客畅饮时的豪放与机警表现得淋漓尽致。李白尚侠义,好剑术,他的酒诗中有不少赞美古代游侠的句子。

最动人的细节,在《把酒问月》里:

> 青天有月来几时?我今停杯一问之。
> 人攀明月不可得,月行却与人相随。
> 皎如飞镜临丹阙,绿烟灭尽清辉发。
> 但见宵从海上来,宁知晓向云间没?
> 白兔捣药秋复春,嫦娥孤栖与谁邻?
> 今人不见古时月,今月曾经照古人。
> 古人今人若流水,共看明月皆如此。
> 唯愿当歌对酒时,月光长照金樽里。

前面四句,以人人之所能觉,发人人所不能发。中间六句,

酒诗漫说

把实景与想象、远景与近景糅合在一起，写出非常饱满的月亮的形象。最后几句又于平淡中现奇崛，发出人如流水、月色恒常之叹。"唯愿当歌对酒时，月光长照金樽里"，金樽中的月色是湿润的，月色中的酒是透亮的，这种状态便是酒乡的极致吧。李白爱月，他给孩子起名"明月奴"，他喝酒要"灭烛延清光"，他可以在花间与月影痛饮共醉，这就是人们传说他酒醉揽月坠江而死的原因吧？给人们带来这么美好诗歌的人，人们也会增加他的浪漫色彩。

李白的酒诗为人们所喜爱，更重要的在于他的乐观与达观。诗有抑扬顿挫，句有悲欢离合，但李白的酒诗的基调是乐观与达观的。乐观者，不管有多少困难，慨然不失用世之志；达观者，用世而不称意，则浮江海而去也。李白的哀愁不过三句，一般第四句就把愁给"销"了。来看《宣州谢朓楼饯别校书叔云》：

第十六说 ◆ 月光照金樽

弃我去者，昨日之日不可留；

乱我心者，今日之日多烦忧。

长风万里送秋雁，对此可以酣高楼。

蓬莱文章建安骨，中间小谢又清发。

俱怀逸兴壮思飞，欲上青天揽明月。

抽刀断水水更流，举杯销愁愁更愁。

人生在世不称意，明朝散发弄扁（piān）舟。

前两行，愁得不行了，第三行看到天空中的秋雁，就把愁解了，喝吧！"举杯消愁愁更愁"，怎么办？"明朝散发弄扁舟"，老子不和你们玩了。那首著名的《行路难》也是如此：

金樽清酒斗十千，玉盘珍羞直万钱。

停杯投箸不能食，拔剑四顾心茫然。

欲渡黄河冰塞川，将登太行雪满山，

酒诗漫说

闲来垂钓碧溪上,忽复乘舟梦日边。

行路难,行路难!多歧路,今安在?

长风破浪会有时,直挂云帆济沧海。

前面铺陈,极言行路之难。最后两句,忽作发奋之语。谁读到这样的诗,不会被感发激励呢?李白写的另一首《钱校书叔云》:

少年费白日,歌笑矜(jīn)朱颜。

不知忽已老,喜见春风还。

惜别且为欢,徘(pái)徊(huái)桃李间。

看花饮美酒,听鸟临晴山。

向晚竹林寂,无人空闭关。

"不知忽已老",是多么朴素的惆怅;"喜见春风还",是多么

第十六说 ◆ 月光照金樽

积极的心态;"看花饮美酒,听鸟临晴山",又是多么欢愉的状态。综观李白的酒诗,主旋律是乐观的、达观的。给处于困顿之中的人们以力量,给愁眉紧锁的人们以微笑,这便是李白酒诗的价值所在。

第十七说

酒痕浸诗史

第十七说 ◆ 酒痕浸诗史

◆◆◆◆

杜甫比李白小十一岁，生前的名气比李白小得多。唐人编的唐诗选，很少有选杜甫的，李白则是必选的最重要的诗人。有些人作品的伟大，需要时间才能被人慢慢认识到。到韩愈的时代，杜甫已经被相当看重了。韩愈曾写道"李杜文章在，光焰万丈长"。到了宋代，杜甫的声名就更高了。苏轼曾说，诗至杜子美，文至韩退之，书至颜鲁公，画至吴道子，而古今之变，天下之能事毕矣。宋代之后更是出现了"千家注杜，一家注李"的局面。之所以如此，或是因为：其一，杜甫总体上是儒家的，有非常强烈的忠君、入世思想，符合传统社会的核心价值观。李白则思想复杂，虽然也受儒家思想的影响，但主要是道家的。李白是一个正式入了教门的道教徒，不认同"摧眉折腰事权贵"。其二，杜甫的诗被称为诗史，与历史有很强的对应关系。而李白则写自己的多，写想象的多。以酒诗论，李白的作品往往给人一种不知处在何时何地的感觉，一花一月即可成诗。杜甫则不然，即便是写

酒诗漫说

一个小小的宴会，久别的重逢，孤单的独酌，也能折射出他所处的时代。

李白的底色是豪放，杜甫的底色则是沉郁。

杜甫是建筑的，李白是音乐的。杜甫是哀而不伤的，李白是乐而不淫的。读李白的诗，须一口气读完，如漂流于黄河长江，水顺地势，或缓或急，不系之舟，顺流而下，两岸万千气象，令人目不暇接。读杜甫的诗，则如攀爬在长城之上，城顺山势，齐整严密，蜿蜒盘旋，苍茫雄奇，比平正更平正，比险绝更险绝，塞内塞外，尽谐尽美。爬长城，有时自然会不由自主地慢下来，因为会被他一句之意象、一字之奇崛惊到，于平常之中，得意外之叹。

我们通常把诗仙李白作为唐代酒诗的代表人物，实际上杜甫诗中，有酒的比例并不比李白的低。冯至先生说，杜甫描写自然的诗没有一首是从想象，从抽象的概念出发的，都是他亲眼看到的，双脚走过的。他诗中的酒也一样，都是他亲口喝过的。杜诗

第十七说 ◆ 酒痕浸诗史

不仅被称为"诗史",而且被称为"图经",他的酒诗是否也可以称为"酒注"呢?让我们以时间为线索,撷取不同时期的重要诗篇,看看"诗史"是如何满带酒意的。

第一期,安史之乱之前。杜甫早年诗歌存世的很少,《春日忆李白》是其较早的有酒的诗歌之一。

> 白也诗无敌,飘然思不群。
> 清新庾开府,俊逸鲍参军。
> 渭北春天树,江东日暮云。
> 何时一樽酒,重与细论文。

744年,李白和杜甫在洛阳相识,后与高适三人同游梁宋,别后于745年秋在兖州重会,后来李白去江东,杜甫去长安。这首诗应于746年春写于长安。关于这两位诗人的相会,闻一多先生曾写道:"我们该当品三通画角,发三通擂鼓,然后提起笔来

酒诗漫说

蘸饱了金墨,大书而特书。因为我们四千年的历史里,除了孔子见老子(假如他们是见过面的)没有比这两人的会面,更重大,更神圣,更可纪念的。我们再逼紧我们的想像,譬如说,青天里太阳和月亮走碰了头,那么,尘世上不知要焚起多少香案,不知有多少人要望天遥拜,说是皇天的祥瑞。如今李白和杜甫——诗中的两曜,劈面走来了,我们看去,不比那天空的异瑞一样的神奇,一样的有重大的意义吗?"闻一多先生的金墨说是恰切的。如果增加一个,或许杜甫与大书法家颜真卿的会面可堪媲美,只是相见时,颜真卿是审判者,杜甫则是犯罪嫌疑人。李杜两位伟大的诗人,不仅相逢相识,而且成了知己,不是文人相轻,而是文人相惜。不止如此,在李白晚年最困难的时候,世人皆欲杀之,杜甫仍然坚定地站在李白一边。杜甫回忆中的与李白共同讨论文章时畅饮的美酒,无疑是历史上最有文化、最有情谊的一樽。遗憾的是,在745年之后,两人再未相见。

《饮中八仙歌》是杜甫在长安所写,这是他专写饮酒世界的

第十七说 ◆ 酒痕浸诗史

一首诗。诗中提到的八仙不是同时之人,杜甫把他们写到一起,可以说写尽了盛唐的繁华狂放。

知章骑马似乘船,眼花落井水底眠。

汝阳三斗始朝天,道逢麴(qū)车口流涎(xián),恨不移封向酒泉。

左相日兴费万钱,饮如长鲸吸百川,衔杯乐圣称避贤。

宗之潇洒美少年,举觞白眼望青天,皎如玉树临风前。

苏晋长斋绣佛前,醉中往往爱逃禅。

李白斗酒诗百篇,长安市上酒家眠,天子呼来不上船,自称臣是酒中仙。

张旭三杯草圣传,脱帽露顶王公前,挥毫落纸如云烟。

焦遂五斗方卓然,高谈雄辩惊四筵(yán)。

杜甫在长安没有实现自己的志向,更无从体验饮中八仙的畅

酒诗漫说

快。747年,他参加科举考试失败,作《奉赠韦左丞丈二十二韵》一诗送给韦济,诗中描写自己的状态是"残杯与冷炙,到处潜悲辛"。在《乐游原歌》中,他写道:"却忆年年人醉时,只今未醉已先悲。数茎白发那抛得,百罚深杯亦不辞。圣朝已知贱士丑,一物(指酒)自荷皇天慈。此身饮罢无归处,独立苍茫自咏诗。"美酒是上天仁慈的馈赠,喝吧!穷困潦倒之际,他与好友郑虔有点钱就换酒喝。且看《醉时歌》:

诸公衮(gǔn)衮登台省,广文先生(指郑虔)官独冷。
　甲第纷纷厌粱肉,广文先生饭不足。
先生有道出羲(xī)皇,先生有才过屈宋。
　德尊一代常坎坷,名垂万古知何用!
杜陵野客人更嗤,被(pī)褐短窄鬓如丝。
日籴(dí)太仓五升米,时赴郑老同襟期。
　得钱即相觅,沽酒不复疑。

第十七说 ◆ 酒痕浸诗史

忘形到尔汝,痛饮真吾师。

清夜沉沉动春酌,灯前细雨檐花落。

但觉高歌有鬼神,焉知饿死填沟壑?

相如逸才亲涤器,子云识字终投阁。

先生早赋归去来,石田茅屋荒苍苔。

儒术于我何有哉,孔丘盗跖(zhí)俱尘埃。

不须闻此意惨怆,生前相遇且衔杯!

755年,在长安居住的第九个年头,他得了一官半职,回奉天探亲,写了一首五百字的咏怀诗,其中有名句:"朱门酒肉臭,路有冻死骨。"这时,正是关中大饥之后的第二年,安禄山已经在范阳起兵,那个繁荣的盛唐就要远去了。

第二期,战乱时期。安史之乱爆发之后,杜甫把家人安顿到鄜(fū)州,去灵武追随唐肃宗李亨,途中为安禄山部队所俘,被带回长安,后侥幸未被囚禁,秋念鄜州之月,春望长安草木,

酒诗漫说

写下《月夜》《春望》等名篇。757 年,他逃到凤翔,官拜左拾遗,顾念鄜州妻子,写下《述怀》:

> ……
> 自寄一封书,今已十月后。
> 反畏消息来,寸心亦何有?
> 汉运初中兴,生平老耽酒。
> 沉思欢会处,恐作穷独叟。

同年,他回到鄜州,作《羌村三首》。他在第一首中写道:"峥嵘赤云西,日脚下平地。柴门鸟雀噪,归客千里至。妻孥(chú)怪我在,惊定还拭泪。世乱遭飘荡,生还偶然遂!邻人满墙头,感叹亦歔(xū)欷(xī)。夜阑更秉烛,相对如梦寐。"离乱后梦幻般的重逢,自然离不开酒。第二首写道:"赖知禾黍收,已觉糟床(酿酒的工具)注。如今足斟酌,且用慰迟暮。"

第十七说 ◆ 酒痕浸诗史

第三首，邻人携酒来庆贺。"群鸡正乱叫，客至鸡斗争。驱鸡上树木，始闻叩柴荆。父老四五人，问我久远行。手中各有携，倾榼（kē）浊复清。苦辞酒味薄，黍（shǔ）地无人耕。兵革既未息，儿童尽东征。请为父老歌：艰难愧深情。歌罢仰天叹，四座泪纵横。"

同年十一月，长安收复，杜甫到长安，仍任左拾遗。动乱后的长安已不复往昔的繁华，通货膨胀非常厉害，安史之乱之前的米价每斛（hú）只要两百钱，现在高到一万钱。杜甫的生活是困窘的。每次上朝回来，他都去买酒喝，没钱的时候就把自己春天穿的衣服典当出去换酒，到曲江头尽醉而还。他在《曲江二首》中写道："且看欲尽花经眼，莫厌伤多酒入唇。""朝回日日典春衣，每日江头尽醉归。酒债寻常行处有，人生七十古来稀。"有一次他碰巧有三百钱，赶紧约好友毕曜（yào）去喝，还作了一首《偪（bī）侧行》赠给对方。

酒诗漫说

偪侧何偪侧,我居巷南子巷北。

可怜邻里间,十日不一见颜色。

自从官马送还官,行路难行涩如棘。

我贫无乘非无足,昔者相过今不得。

不是爱微躯,非关足无力。

徒步翻愁官长怒,此心炯炯君应识。

晓来急雨春风颠,睡美不闻钟鼓传。

东家蹇驴许借我,泥滑不敢骑朝天。

已令请急会通籍,男儿性命绝可怜。

焉能终日心拳拳,忆君诵诗神凛然。

辛夷始花亦已落,况我与子非壮年。

街头酒价常苦贵,方外酒徒稀醉眠。

速宜相就饮一斗,恰有三百青铜钱。

第十七说 ◆ 酒痕浸诗史

759 年，杜甫被贬到华州，他在从洛阳回华州的路上，特意去看望二十年未见的老友卫八，写下《赠卫八处士》。

人生不相见，动如参与商。
今夕复何夕，共此灯烛光。
少壮能几时，鬓发各已苍。
访旧半为鬼，惊呼热中肠。
焉知二十载，重上君子堂。
昔别君未婚，儿女忽成行。
怡然敬父执，问我来何方。
问答未及已，驱儿罗酒浆。
夜雨剪春韭，新炊间黄粱。
主称会面难，一举累十觞。
十觞亦不醉，感子故意长。
明日隔山岳，世事两茫茫。

酒诗漫说 ·

第三期，由秦州到成都。759 年，关内闹饥荒，杜甫辞官西往秦州，在那里逗留一个秋天后，又去同谷，后来落脚到成都。大约是居秦州期间，他听说了李白因入永王李璘幕府被下狱和流放的事情，写了《梦李白二首》。"死别已吞声，生别常恻恻。江南瘴（zhàng）疠（lì）地，逐客无消息。故人入我梦，明我长相忆。君今在罗网，何以有羽翼……冠盖满京华，斯人独憔悴。孰云网恢恢，将老身反累。千秋万岁名，寂寞身后事。"后来，他又写了一首《不见》，坚定地站在李白一边。

不见李生久，佯狂真可哀！
世人皆欲杀，吾意独怜才。
敏捷诗千首，飘零酒一杯。
匡山读书处，头白好归来。

在成都，杜甫应该有过一段相对舒适的日子。《江畔独步寻

第十七说 ◆ 酒痕浸诗史

花七绝句》中写到喝酒也更放松些。"江上被花恼不彻,无处告诉只颠狂。走觅南邻爱酒伴,经旬出饮独空床。""东望少城花满烟,百花高楼更可怜。谁能载酒开金盏,唤取佳人舞绣筵。"

《遭田父泥饮美严中丞》是杜甫在成都写的一首很有意思的诗。759年年底,杜甫到了成都。761年,严武任成都尹。严武的父亲和杜甫是好友,因此严武对杜甫十分照顾。762年春,有一位邻居老农请杜甫猛喝了一顿,酒酣耳热之际把严武(就是诗中的严中丞)大大赞美了一番。是严武来了之后才减除兵役,把他大儿子从军中放还务农,也算是解救了这位无力干农活的老人。老农喝高兴了,挽留杜甫住下,叫妻子开大瓶酒,话已经杂乱无章了,但始终是在说严中丞的德政。杜甫是偶然出来做客,结果从早晨喝到月亮出来了,老农还在要家人续酒款待。

酒诗漫说

步屟(xiè)随春风,村村自花柳。
田翁逼社日,邀我尝春酒。
酒酣夸新尹,畜眼未见有。
回头指大男,渠是弓弩手。
名在飞骑籍,长番岁时久。
前日放营农,辛苦救衰朽。
差科死则已,誓不举家走。
今年大作社,拾遗能住否。
叫妇开大瓶,盆中为吾取。
感此气扬扬,须知风化首。
语多虽杂乱,说尹终在口。
朝来偶然出,自卯将及酉。
久客惜人情,如何拒邻叟。
高声索果栗,欲起时被肘(zhǒu)。
指挥过无礼,未觉村野丑。
月出遮我留,仍嗔(chēn)问升斗。

第十七说 ◆ 酒痕浸诗史

762年秋,杜甫避徐知道叛乱到梓(zǐ)州。在那里,《闻官军收河南河北》是杜甫少有的欢悦之作。763年,叛军史朝义兵败缢(yì)死,他的部下田承嗣等投降,河南、河北等地相继收复。"初闻涕泪满衣裳",杜甫爱哭,但这次是喜悦的眼泪。"白日放歌须纵酒,青春作伴好还乡。"这样的纵酒放歌,对于杜甫来讲,实在是太少见了。

《舟前小鹅儿》,则有着难得的惬意。"鹅儿黄似酒,对酒爱新鹅。"《寄题江外草堂》写出了他出世的一面:"我生性放诞,雅欲逃自然。嗜酒爱风竹,卜居必林泉。"但酒阑之际,他还会想起十年前的断肠往事。"酒阑却忆十年事,肠断骊山清路尘。"

764年,杜甫返回成都,作《草堂》一首,这首诗前半部分写徐知道作乱的情况,后半部分写重归草堂的快意。"入门四松在,步屧万竹疏。旧犬喜我归,低徊入衣裾。邻舍喜我归,酤酒携胡芦。大官喜我来,遣骑问所须。城郭喜我来,宾客隘村墟。天下尚未宁,健儿胜腐儒。飘摇风尘际,何地置老夫。于时见

酒诗漫说・・・・・・・・・・・・・・・・・・・・・・・

疣（yóu）赘（zhuì），骨髓幸未枯。饮啄愧残生，食薇不敢馀。"杜甫自奉甚俭，知足常乐，别人送他一幅织锦的被面，他觉得太浪费了，不要。他为人宽厚合群，在哪里都有邻人请他喝酒，这次大家又高兴地拎着葫芦打酒去了。

765 年 4 月，杜甫所依靠的成都尹兼剑南节度使严武去世了，杜甫感到不能在成都住下去了，决定出峡东下，开始了他居夔（kuí）出峡、流寓荆湘的生活。他那首《旅夜书怀》就是写在东出舟中："细草微风岸，危樯独夜舟。星垂平野阔，月涌大江流。名岂文章著，官应老病休。飘飘何所似，天地一沙鸥。"

在夔州，他回望自己的一生，写下了《壮游》，这是一首自叙诗，也描绘了他不同时期饮酒的不同况味。"往昔十四五，出游翰墨场。斯文崔魏徒，以我似班扬。七龄思即壮，开口咏凤凰。九龄书大字，有作成一囊。性豪业嗜酒，嫉恶怀刚肠。脱略小时辈，结交皆老苍。饮酣视八极，俗物都茫茫……快意八九年，西归到咸阳。许与必词伯，赏游实贤王。曳裾置醴（lǐ）地，

第十七说 ◆ 酒痕浸诗史

奏赋入明光。天子废食召,群公会轩裳。脱身无所受,痛饮信行藏。黑貂不免敝,斑鬓兀称觞……"

在夔州,他回忆起年轻时与李白、高适在梁宋游玩的美好时光。"昔我游宋中,惟梁孝王都。名今陈留亚,剧则贝魏俱。邑中九万家,高栋照通衢。舟车半天下,主客多欢娱。白刃仇不义,黄金倾有无。杀人红尘里,报答在斯须。忆与高李辈,论交入酒垆。两公壮藻思,得我色敷腴。气酣登吹台,怀古视平芜。芒砀(dàng)云一去,雁鹜(wù)空相呼……"(《遣怀》)

"白刃仇不义,黄金倾有无。杀人红尘里,报答在斯须",这是多么豪迈的青春时光。而此时的杜甫,虽然诗歌的气格更加高古,却已经因为肺病戒酒了。"风急天高猿啸哀,渚清沙白鸟飞回。无边落木萧萧下,不尽长江滚滚来。万里悲秋常作客,百年多病独登台。艰难苦恨繁霜鬓,潦倒新停浊酒杯。"(《登高》)

768年,杜甫到了岳州,继续用他的诗史风格,写下眼中的酒肉和民间的不平。"去年米贵阙军食,今年米贱大伤农。高马

酒诗漫说

达官厌酒肉,此辈杼(zhù)轴茅茨空。"(《岁晏行》)

  769年,杜甫由岳州到潭州(今长沙),写下"钟鼎山林各天性,浊醪(láo)粗饭任吾年"。但是,潭州也非久留之地,770年,他为避湖南兵马使臧玠(jiè)的兵乱,携家人登舟往郴州,但为大水所阻。诗人在舟中伏枕作诗,写道:"疑惑尊中弩,淹留冠上簪",已经是杯弓蛇影、多疑多忧的风烛残年了。那年冬天,杜甫客死于舟中。

第十八说
对酒山河满

酒诗漫说

◆◆◆◆

　　王维和李白同年出生。王生于中原，李生于西南。王家世为官，李家世为商。王顺利通过科举考试（二十一岁进士及第），一直在体制内；李放弃科举，半生求推荐仕进，被推荐到皇帝身边又因为不合时宜而重归江湖，基本上在体制外。王晚年因落于叛军之手被迫接受伪职而获罪，李晚年因入永王李璘幕府而被流放。王儒而近佛，二十九岁弃官闲居五年，向道光禅师学佛；李道而近儒，是一位正式加入道门的道教徒。王好静，居别业而多诗思；李好动，历山川而出名篇。王写真如假，得"江流天地外，山色有无中"之境；李写假如真，达"虎鼓瑟兮鸾回车，仙之人兮列如麻"之界。至于酒，在李白那里，常常是诗歌的主题；在王维那里，则常常是不可或缺的点睛之笔。盛唐的酒诗缺少了王维，如同缺少了李白，也会是不完整的。

　　王维得意时期的酒，可以看他的两首应制诗。"对酒山河满，移舟草树回。天文同丽日，驻景惜行杯。"（《奉和圣制赐史供奉

第十八说 ◆ 对酒山河满

曲江宴应制》)。一个"满"字,写出盛唐之盛,如同"红杏枝头春意闹"的一个"闹"字,写出春天之盛一样。另一首"陌上尧樽倾北斗,楼前舜乐动南薰。共欢天意同人意,万岁千秋奉圣君。"(《大同殿生玉芝,龙池上有庆云,百官共睹,圣恩便赐宴乐,敢书即事》)就算拍皇帝马屁,也是一流的马屁。

王维失意时多次写酒。三十出头闲居长安时,作《不遇咏》:"北阙献书寝不报,南山种田时不登。百人会中身不预,五侯门前心不能。身投河朔饮君酒,家在茂陵平安否?且共登山复临水,莫问春风动杨柳。今人昨人多自私,我心不说君应知。济人然后拂衣去,肯作徒尔一男儿!""河朔饮"出处在曹丕《典论》:"大驾都许,使光禄大夫刘松北镇袁绍军,与绍子弟日共宴饮,常以三伏之际,昼夜酣饮,极醉,至于无知。云以避一时之暑,故河朔有避暑饮。"后常以"河朔饮"指极醉的酣饮。这首诗前四句用四个"不"字,不报、不登、不预、不能,极写不遇之境况,有如四碗闷酒下肚,正可称河朔饮了。另一首《酌酒与

酒诗漫说

裴迪》则是看透人情世故后对失意的朋友的宽慰:"酌酒与君君自宽,人情翻覆似波澜。白首相知犹按剑,朱门先达笑弹冠。草色全经细雨湿,花枝欲动春风寒。世事浮云何足问,不如高卧且加餐。"这是经历过人生起伏后的参悟,一宽全放过,高卧解千愁。

王维有很好的关于游侠和边塞的酒诗。他那首著名的《少年行》:"新丰美酒斗十千,咸阳游侠多少年。相逢意气为君饮,系马高楼垂柳边。"真可谓情景如画了。新结交的年轻人,共饮美酒不为别的,只为意气相投。"意气二字,是少年人行状"(清人黄生语)。王维有大约三年巡视河西的经历,因此,他的边塞诗是从实际中来的,不完全是从想象中来的。他写道"大漠孤烟直,长河落日圆",充满了几何之美。他写道"暮云空碛时驱马,秋日平原好射雕",于平淡中现雄浑。他写道"报仇只是闻尝胆,饮酒不曾妨刮骨",赞美美酒衬托下的英雄气概。

王维隐居时的诗酒田园是他文学创作中颇有分量的部分。

第十八说 ◆ 对酒山河满

《戏题磐石》："可怜磐石临泉水，复有垂杨拂酒杯。若道春风不解意，何因吹送落花来。"李白说"月既不解饮"，王维说春风能解意，似比李白更高妙。《茱萸沜》："结实红且绿，复如花更开。山中倘留客，置此芙蓉杯。"如果留客人住在山里，一定把茱萸果放到芙蓉杯盛的酒里请客人品尝。《临湖亭》："轻舸迎上客，悠悠湖上来。当轩对尊酒，四面芙蓉开。"这是一段多美的小视频！诗人醉心于田园生活，也必然神往陶渊明的状态。他的一首偶然之作，写的就是陶渊明的故事。"陶潜任天真，其性颇耽酒。自从弃官来，家贫不能有。九月九日时，菊花空满手。中心窃自思，傥有人送否。白衣携壶觞，果来遗老叟。且喜得斟酌，安问升与斗……"（《偶然作》）他神往的还有晋代镇守襄阳、置酒辄醉的山简："楚塞三湘接，荆门九派通。江流天地外，山色有无中。郡邑浮前浦，波澜动远空。襄阳好风日，留醉与山翁。"（《汉江临泛》）这样恢宏的美景，只有山简的一醉才配得上吧。

王维有非常有画面感的送别的酒诗。《灵云池送从弟》："金

酒诗漫说

杯缓酌清歌转,画舸轻移艳舞回。自叹鹡(jí)鸰(líng)临水别,不同鸿雁向池来。"《送别》:"下马饮君酒,问君何所之?君言不得意,归卧南山陲。但去莫复问,白云无尽时。"当然,压卷之作还是那首《送元二使安西》:"渭城朝雨浥轻尘,客舍青青柳色新。劝君更尽一杯酒,西出阳关无故人。"

第十九说
倾杯鱼鸟醉

酒诗漫说

◆◆◆◆

孟浩然是个纯粹的人,活到五十二岁,一生除了四十岁时到长安应举,留在那里两年之外,大部分时间都在隐居和游历。他虽然于两《唐书》有传,但都非常简略。王维、李白、王昌龄等都是孟浩然的好朋友。据说孟浩然在长安时,有一次,正在王维家做客,碰到唐玄宗来了,他吓得躲到了床底下。王维说,孟浩然在我这里。皇帝说,我听说过,请他出来我见见。孟浩然这才从床底下爬出来,皇帝问他有什么诗作朗诵一首。孟浩然可能是太紧张了,偏偏背诵了那首"不才明主弃,多病故人疏"。皇帝很不高兴,说不是我弃你,是你不求仕进。孟浩然功名的事就此泡汤了。孟浩然存世的诗不多,只有二百六十多首。很难得的是,他得到人们从人格到作品的双重认可。李白写道:"吾爱孟夫子,风流天下闻。红颜弃轩冕,白首卧松云。醉月频中圣,迷花不事君。高山安可仰,徒此揖清芬。"(《赠孟浩然》)李白那首《送孟浩然之广陵》更是妇孺皆知的传世佳作,充分表现了两人的情谊。杜甫则写道:"吾怜孟浩然,裋(shù)褐即长夜。赋

第十九说 ◆ 倾杯鱼鸟醉

诗何必多,往往凌鲍谢。"(《遣兴五首》其三)又写道:"复忆襄阳孟浩然,清诗句句尽堪传。即今耆(qí)旧无新语,漫钓槎(chá)头缩颈鯿(biān)。"(《解闷十二首》其六)可以说李杜对孟浩然的赞美都是最高级的。我按杜甫"清诗句句尽堪传"的意思,把孟浩然所有关于酒的诗句摘了出来:

"倾杯鱼鸟醉,联句莺花续。"
"阮籍推名饮,清风坐竹林。
半酣下衫袖,拂拭龙唇琴。
一杯弹一曲,不觉夕阳沉。
予意在山水,闻之谐凤心。"
"何当载酒来,共醉重阳节。"
"达是酒中趣,琴上偶然音。"
"开襟成欢趣,对酒不能罢。"
"绮席卷龙须,香杯浮玛瑙。"
"醉坐自倾彭泽酒,思归长望白云天。"

酒诗漫说

"曲岛浮觞酌,前山入咏歌。"
"酒邀彭泽载,琴辍武城弹。
献寿先浮菊,寻幽或藉兰。"
"常闻骑马醉,还向习池看。"
"登高闻古事,载酒访幽人。"
"野童扶醉舞,山鸟助酣歌。"
"壶酒朋情洽,琴歌野兴闲。"
"抱琴来取醉,垂钓坐乘闲。"
"昔余卧林巷,载酒过柴扉。
松菊无时赏,乡园欲懒归。"
"皇皇三十载,书剑两无成。
山水寻吴越,风尘厌洛京。
扁舟泛湖海,长揖谢公卿。
且乐杯中物,谁论世上名。"
"众山遥对酒,孤屿共题诗。"
"夕曛(xūn)山照灭,送客出柴门。"

第十九说 ◆ 倾杯鱼鸟醉

"惆怅野中别,殷勤醉后言。"

"主人开旧馆,留客醉新丰。"

"竹引携琴入,花邀载酒过。"

"喜逢金马客,同饮玉人杯。"

"列筵邀酒伴,刻烛限诗成。"

"共乘休沐暇,同醉菊花杯。"

"山公能饮酒,居士好弹筝。

世外交初得,林中契已并。

纳凉风飒至,逃暑日将倾。

便就南亭里,余尊惜解酲(chéng)。"

"耕钓方自逸,壶觞趣不空。"

"落日池上酌,清风松下来。"

"酒酣白日暮,走马入红尘。"

这些句子简净明快,用典也少,读来十分轻松,确实是句句堪传,时凌鲍谢,当得起风流天下闻。

第二十说

风 骨 寄 深 樽

第二十说 ◆ 风骨寄深樽

◆◆◆◆

韩愈是大家。这体现在他有思想,开理学的先河。有文才,特别是文章好。苏东坡说他"文起八代之衰,而道济天下之溺"。这还不算,韩愈是一个有风骨的人。《旧唐书·韩愈传》说:"愈发言真率,无所畏避,操行坚正,拙于世务。"元和十四年(819),唐宪宗要把法门寺的佛骨迎到皇宫里面供奉。韩愈素不好佛,写了个《谏迎佛骨表》给唐宪宗,气得唐宪宗要杀他。为什么呢?因为韩愈说自东汉奉佛,后世很多皇帝都短命夭折。"愈为人臣,敢尔狂妄,固不可赦。"好在唐宪宗在别人劝说下,免韩愈一死,贬其为潮州刺史。韩愈还有一个特点,就是"性宏通,与人交,荣悴不易"。

韩愈的风骨与饮酒有什么关系呢?韩愈饮酒的超然、热烈、悠然与安静,无不支撑着他的风骨。

饮酒的超然支撑着韩愈的风骨。他会到古墓边饮酒。"偶上城南土骨堆,共倾春酒三五杯。"(《饮城南道边古墓上逢中丞过

酒诗漫说

赠礼部卫员外少室张道士》)他的《秋怀诗十一首》,第一首就写到了欢喜饮酒不畏死的坦然:"窗前两好树,众叶光薿(nǐ)薿。秋风一拂披,策策鸣不已。微灯照空床,夜半偏入耳。愁忧无端来,感叹成坐起。天明视颜色,与故不相似。羲和驱日月,疾急不可恃。浮生虽多涂,趋死惟一轨。胡为浪自苦,得酒且欢喜。"《感春四首》,首首成醉:"三杯取醉不复论,一生长恨奈何许!""为此径须沽酒饮,自外天地弃不疑。近怜李杜无检束,烂漫长醉多文辞。屈原离骚二十五,不肯餔(bǔ)啜(chuò)糟与醨(lí)。惜哉此子巧言语,不到圣处宁非痴。""数杯浇肠虽暂醉,皎皎万虑醒还新。百年未满不得死,且可勤买抛青春。"《八月十五夜赠张功曹》:"一年明月今宵多,人生由命非由他。有酒不饮奈明何!"

饮酒的热烈支撑着韩愈的风骨。在《晚菊》中,他回忆:"少年饮酒时,踊跃见菊花。"在《醉赠张秘书》里,他写到酒逢知己酒意深的快乐:"所以欲得酒,为文俟(sì)其醺。酒味既

第二十说◆风骨寄深樽

泠（líng）冽（liè），酒气又氤氲。性情渐浩浩，谐笑方云云。此诚得酒意，余外徒缤纷。"他有诗专门描写醉后："煌煌东方星，奈此众客醉。初喧或忿争，中静杂嘲戏。淋漓身上衣，颠倒笔下字。人生如此少，酒贱且勤置。"（《醉后》）在他和孟郊几百句的联句（你写一句我接一句）中，孟郊和诗写道："朝馔（zhuàn）已百态，春醪又千名（千种味道）。"

饮酒的悠然支撑着韩愈的风骨。"辛夷高花最先开，青天露坐始此回。已呼孺人戛（jiā）鸣瑟，更遣稚子传清杯。"（《感春五首》其一）"何人有酒身无事，谁家多竹门可款？"（《游青龙寺赠崔大补阙》）"断送一生惟有酒，寻思百计不如闲。莫忧世事兼身事，须著人间比梦间。"（《遣兴》）"一壶情所寄，四句意能多。秋到无诗酒，其如月色何？"（《酬马侍郎寄酒》）

饮酒的安静支撑着韩愈的风骨。"岂无一尊酒，自酌还自吟。"（《幽怀》）"扰扰驰名者，谁能一日闲？我来无伴侣，把酒对南山。"（《把酒》）"闻说游湖棹（zhào），寻常到此回。应留醒心处,准拟醉时来。"(《北湖》)"独往南塘上,秋晨景气醒。露排四岸草,风约半池萍。鸟下见人寂,鱼来闻饵馨。所嗟无可召,不得倒吾瓶。"(《独钓四首》其三)

　　韩愈写过:"刺手拔鲸牙,举瓢酌天浆。"(《调张籍》)有了举瓢酌天浆的豪气,才有刺手拔鲸牙的勇气吧。这正是韩愈自己的写照!

第二十一说
何处难忘酒

酒诗漫说

◆◆◆◆

白居易开创了"长庆体"的歌行,作了大量针砭时弊的讽谕诗,这使他的诗歌具有很强的史学价值,陈寅恪先生就以白居易和元稹的诗为主要线索,写了《元白诗笺证稿》,纵论唐史。白居易还写了大半辈子悠然自得的闲适诗,如果说李白奇瑰的诗歌增强了中国人的想象力的话,白居易的闲适诗则提升了中国人的安闲自得精神。用《旧唐书·白居易传》里的话说,就是"放心于自得之场,置器于必安之地,优游卒岁,不亦贤乎"。有些奇怪的是,白居易在他自编的诗集中,把"感伤"与讽谕、闲适等同列,作为单独的一类。这固然是由于感伤这样的情绪容易给诗人灵感,也是由于香山居士本身就是一个偏悲观主义的人,他对时间与死亡极为敏感,三十多岁就开始写光阴易逝、人生易老的诗,一直写了几十年,其实他活到七十多岁,在唐朝的诗人里面算是高寿的了。论流行程度,白居易一度高于李白和杜甫。"王公妾妇、牛童马走之口无不道","童子解吟长恨曲,胡儿能唱琵

第二十一说 ◆ 何处难忘酒

琶篇",甚至有人浑身纹满白居易的诗,称为"白舍人行诗图"。宋初人学白居易,写出的诗称为"白体"。但可能任何事物都是物以稀为贵,白诗再好,流行太广太久远了,也会令人审美疲劳,因此,白诗又一度被人视作俗物,人们先是批评白体诗,进而批评白居易本人的诗。苏轼热爱白居易的诗,他的号"东坡"二字就是取自白居易的诗歌,但他也曾说过"元轻白俗",为人们所记取。然而,随着岁月的淘洗,白居易的地位越来越不可撼动了。

在白居易的各体诗歌里面,酒都是重要的组成部分。他的讽谕诗,多言贫富差距之大带来的阶级矛盾,富贵者的花天酒地和贫贱者的穷愁潦倒存在鲜明的对比。这类诗深得杜甫"朱门酒肉臭,路有冻死骨"之意,使得白居易作为一名出色的诗人有了刚厚的骨架。看他的《轻肥》:"意气骄满路,鞍马光照尘。借问何为者,人称是内臣。朱绂(fú)皆大夫,紫绶或将军。夸赴军中宴,走马去如云。尊罍(léi)溢九酝,水陆罗八

酒诗漫说

珍。果擘(bò)洞庭橘,鲙(kuài)切天池鳞。食饱心自若,酒酣气益振。是岁江南旱,衢州人食人!"再看他的《歌舞》:"秦中岁云暮,大雪满皇州。雪中退朝者,朱紫尽公侯。贵有风云兴,富无饥寒忧……欢酣促密坐,醉暖脱重裘……日中为一乐,夜半不能休。岂知阌(wén)乡狱,中有冻死囚!"

酒在白居易的讽谕诗中是"催化剂",激发着浓烈的不平之意,在他的闲适诗中,酒则是轻松惬意的"伴侣"。"窗前有竹玩,门处有酒酤。何以待君子,数竿对一壶。"(《常乐里闲居偶题》)"朝亦独醉歌,暮亦独醉睡。未尽一壶酒,已成三独醉。勿嫌饮太少,且喜欢易致。一杯复两杯,多不过三四。便得心中适,尽忘身外事。更复强一杯,陶然遗万累。一饮一石者,徒以多为贵。及其酩(mǐng)酊(dǐng)时,与我亦无异。笑谢多饮者,酒钱徒自费。"(《效陶潜体诗十六首》其五)"唯有数丛菊,新开篱落间。携觞聊就酌,为尔一留连。忆我少小日,易为兴所牵。见酒无时节,未饮已欣然。近从年长来,渐觉取乐难。常恐

第二十一说 ◆ 何处难忘酒

更衰老,强饮亦无欢。顾谓尔菊花,后时何独鲜?称不知为我,借尔暂开颜。"(《东园玩菊》)时下的年轻人常说"躺平",白居易有一首诗,可以排在躺平界的第一名,《咏慵》:"有官慵不选,有田慵不农。屋穿慵不葺,衣裂慵不缝。有酒慵不酌,无异尊常空。有琴慵不弹,亦与无弦同。家人告饭尽,欲炊慵不舂。亲朋寄书至,欲读慵开封。尝闻嵇叔夜,一生在慵中。弹琴复锻炼,比我未为慵。"躺平如此,不知其可。白居易的闲适诗好,不可不读,但不可多读,多则伤魄也。

在感伤诗里,酒则成了帮助诗人从悲观中解脱出来的"消忧药"。他有一首《劝酒寄元九》写道:"何不饮美酒,胡然自悲嗟?俗号消忧药,神速无以加。一杯驱世虑,两杯反天和,三杯即酩酊,或笑任狂歌。陶陶复兀兀,吾孰知其他。况在名利途,平生有风波。深心藏陷阱,巧言织网罗。举目非不见,不醉欲如何?"在封建社会,宦海浮沉实在令人难以把握,遁世于酒中也不失为一个办法。另有一首《卯时酒》,诗人认为酒的

酒诗漫说

作用可以超过佛法和仙方:"佛法赞醍(tí)醐(hú),仙方夸沆(hàng)瀣(xiè)。未如卯时酒,神速功力倍。一杯入掌上,三咽入腹内。煦若春贯肠,暄如日炙背……五十年来心,未如今日泰。况兹杯中物,行坐长相对。"他在《镜换杯》中幽默地写道,越照镜子越老,不如把镜子换成酒杯:"欲将珠匣青铜镜,换取金尊白玉卮(zhī)。镜里老来无避处,尊前愁至有消时。茶能散闷为功浅,萱纵忘忧得力迟。不似杜康神用速,十分一盏便开眉。"

白居易不仅常饮酒,还自己造酒。他在《咏家酝十韵》中写道,造酒的旧法传自杜康,自己又从一位造酒高手那里学会了新方法,味道甚佳。他曾有个酒库,还为此作了一首《自题酒库》,写道:"身更求何事,天将富此翁。此翁何处富?酒库不曾空。"在闲居洛阳的时候,他写了十四首劝酒诗,其中,七首叫《何处难忘酒》,另外七首叫《不如来饮酒》。前者写了难忘酒的七种状态:初登高第的时候,天涯话旧情的时候,春分花发的时候,霜

第二十一说◆何处难忘酒

庭老病的时候,军功第一的时候,逐臣还乡的时候,正可谓乐也难忘酒,悲也难忘酒。后者则写道,隐深山、当农夫、做商人、事长征、求长生、上青云、入红尘,都不如来饮酒,真是一个地道的酒徒了。

第二十二说
生 涯 独 酒 知

第二十二说 ◆ 生涯独酒知

◆◆◆◆

李商隐学养厚，诗律细，情思永。他的学养，主要得益于一位曾在太学读书的堂叔，这位堂叔遭遇父丧之后，便为父守墓，终身不仕，潜心五经，还是个通晓篆隶的书法家。李商隐十六岁就以擅长古文得到士大夫的重视，十七岁进入天平军节度使令狐楚的幕府，"将军樽旁，一人衣白"。幕府白衫一少年，何其潇洒！但他运交华盖，卷入朋党之争，导致他在左支右绌之中度过了宦海生涯。李商隐的诗高妙入神，特别是情诗写得惝恍迷离，开朦胧诗的先河。李商隐存世诗作四百余首，其中写到酒的大约占十分之一。我把他的酒诗概括为七个类型。

一是以酒咏史，叹醉饱之害。李商隐和杜牧一样，都能写出非常好的咏史诗。也许是身逢晚唐，对治乱兴衰有更切身的体会和更敏感的感悟吧。李商隐写过两首五律《陈后宫》，都以"醉"结尾。"夜来江令醉，别诏宿临春。""从臣皆半醉，天子正无愁。"把陈后主的失败归因于君臣酣饮，从夕达旦，荒于酒色，

酒诗漫说

不恤政事。这也是自《诗经》以来的酒诗的警世通言。

二是以酒言爱,抒隐僻之情。《又效江南曲》:"郎船安两桨,侬舸动双桡(ráo)。扫黛开宫额,裁裙约楚腰。乖期方积思,临醉欲拌娇。莫以采菱唱,欲羡秦台箫。"《湖中》:"倾身奉君畏身轻,双桡两桨樽酒清。莫因风雨罢团扇,此曲断肠惟此声。"《可叹》:"冰簟(diàn)且眠金镂枕,琼筵不醉玉交杯。宓(fú)妃愁坐芝田馆,用尽陈王八斗才。"当然最有名的是那首《无题》:"昨夜星辰昨夜风,画楼西畔桂堂东。身无彩凤双飞翼,心有灵犀一点通。隔座送钩春酒暖,分曹射覆蜡灯红。嗟余听鼓应官去,走马兰台类转蓬。"在同一层次的诗人里面,李商隐的情诗文辞晓畅明丽而诗意曲折回环,非他人所能及,酒在这里也成了爱情的催化剂。

三是以酒遣暇,得闲适之意。李商隐年少之作《闲游》中写道:"数日同携酒,平明不在家。寻幽殊未极,得句总堪夸。强下西楼去,西楼倚暮霞。"极写无忧无虑的少年时光。《寄罗劭

第二十二说 ◆ 生涯独酒知

舆》:"棠棣(dì)黄花发,忘忧碧叶齐。人闲微病酒,燕重远兼泥。混沌(dùn)何由凿,青冥未有梯。高阳旧徒侣,时复一相携。"第一句暗示罗兄弟无敌,第二句暗示罗父母俱存,第三四句用燕子的繁忙反衬罗的闲适,第五六句暗示无由入世。最后两句说不如学高阳酒徒,时不时一起喝一顿吧。《假日》:"素琴弦断酒瓶空,依坐欹(qī)眠日已中。谁向刘伶天幕内,更当陶令北窗风。"这是欲以刘伶、陶渊明为榜样的意思了。《花下醉》:"寻芳不觉醉流霞(指神话中的仙酒),倚树沉眠日已斜。客散酒醒深夜后,更持红烛赏残花。"爱花爱酒,正是诗人情味。《访秋》:"酒薄吹还醒,楼危望已穷。江皋当落日,帆席见归风。烟带龙潭白,霞分鸟道红。殷勤报秋意,只是有丹枫。"些许酒意,正配得上秋风秋意,满眼秋色。《裴明府居止》:"爱君茅屋下,向晚水溶溶。试墨书新竹,张琴和古松。坐来闻好鸟,归去度疏钟。明日还相见,桥南贳(shì)酒醲(nóng)。"情景交融,声色交织,都在醉醒交汇之中了。

酒诗漫说

四是以酒相送,寄别离之怅。《赠白道者》:"十二楼前再拜辞,灵风正满碧桃枝。壶中若是有天地,又向壶中伤别离。"壶,既指酒壶,又指道家壶天的法术。壶酒、壶天,都不解离愁。《离席》:"出宿金尊掩,从公玉帐新。依依向馀照,远远隔芳尘。细草翻惊雁,残花伴醉人。杨朱不用劝,只是更沾巾。"(《列子·杨朱篇》载,杨朱见歧路而泣之,为其可以南可以北。)伤怀之至,才会有细草惊雁、残花醉人。《送崔珏(jué)往西川》:"年少因何有旅愁,欲为东下更西游。一条雪浪吼巫峡,千里火云烧益州。卜肆至今多寂寞,酒垆从古擅风流。浣花笺纸桃花色,好好题诗咏玉钩。"这是对少年潇洒壮游的寄语,雪浪与火云,何其豪放,笺纸与桃花,又何其婉约。

五是以酒咏怀,发志士之叹。《春日寄怀》:"世间荣落重逡(qūn)巡,我独丘园坐四春。纵使有花兼有月,可堪无酒又无人。青袍似草年年定,白发如丝日日新。欲逐风波千万里,未知何路到龙津。"有花有月的欢愉,衬托出无酒无人的寂寥。《菊》:

第二十二说 ◆ 生涯独酒知

"暗暗淡淡紫,融融冶冶黄。陶令篱边色,罗含宅里香。几时禁重露,实是怯残阳。愿泛金鹦鹉,升君白玉堂。"

六是以酒寄远,嗟怀人之思。《即目》:"地宽楼已迥,人更迥于楼。紬(chōu)意经春物,伤醒(chéng)属暮愁。望赊殊易断,恨久欲难收。大势真无利,多情岂自由。"《秋日晚思》:"桐槿日零落,雨余方寂寥。枕寒庄蝶去,窗冷胤萤销。取适琴将酒,忘名牧与樵。平生有旧游,一一在烟霄。"《九日》:"曾共山翁把酒时,霜天白菊绕阶墀。十年泉下无人问,九日樽前有所思。"

七是以酒欢宴,洒烦襟之忧。《子初郊墅》:"看山对酒君思我,听鼓离城我访君。腊雪已添墙下水,斋钟不散槛前云。阴移竹柏浓还淡,歌杂渔樵断更闻。亦拟村南买烟舍,子孙相约事耕耘。"《复至裴明府所居》:"伊人卜筑自幽深,桂巷杉篱不可寻。柱上雕虫对书字,槽中瘦马仰听琴。求之流辈岂易得?行矣关山方独吟。赊取松醪一斗酒,与君相伴洒烦襟。"《题李上谟壁》:

酒诗漫说

"旧著思玄赋,新编杂拟诗。江庭犹近别,山舍得幽期。嫩割周颙(yóng)韭,肥烹鲍照葵。饱闻南烛酒,仍及拨醅(pēi)时。"(《神仙服食经》:"采南烛草,煮其汁为酒,碧映五色,服之通神。"拨醅:重酿未滤之酒。)《七月二十九日崇让宅宴作》:"露如微霰(xiàn)下前池,风过回塘万竹悲。浮世本来多聚散,红蕖(qú)何事亦离披。悠扬归梦惟灯见,濩(huò)落生涯独酒知。岂到白头长只尔,嵩阳松雪有心期。"

郑在瀛先生讲,李商隐的诗沉博绝丽。诚哉斯言。宋人黄鉴说:"义山为文多简阅书册,左右鳞次,号獭(tǎ)祭鱼。"李商隐写这些酒诗前,也会排书如獭祭吧?恰巧日本清酒有獭祭,因以记之。

第二十三说
烟 雨 酒 旗 风

酒诗漫说

◆◆◆◆

杜牧考中进士之前，就写下了《阿房宫赋》这样的千古名篇。二十六岁时，他以第五名进士及第。杜牧作文，强调"以意为主，气为辅"。关于诗歌创作，他曾经说过这样的话："苦心为诗，本求高绝，不务奇丽，不涉习俗，不今不古，处于中间。"这个中间的左边，是韩愈、孟郊等人古奥奇崛的风格，右边则是元稹、白居易等人华美通俗的风格。如果以酒作比，韩孟的味道复杂些，元白的简单些，杜牧的类似于中度白酒。

这种中度白酒，是从市井中酝酿出来的，在酒楼之中，有酒旗相邀。宋代的洪迈在《容斋随笔》中写道："今都城与郡县酒务，及凡鬻（yù）酒之肆，皆揭大帘于外，以青白布数幅为之，微者随其高卑小大，村店或挂瓶瓢，标帚（zhǒu）杆，唐人多咏于诗。"酒旗，有几何形态的美，有飘动意态的美，一幅画中有了酒旗，便有了风的动感，一首诗中有了酒旗，便有了人间烟火气。这可能是唐人多咏酒旗于诗的原因吧。而唐人咏酒旗最多

第二十三说 ◆ 烟雨酒旗风

的,恐怕要数杜牧了。《赠沈学士张歌人》:"拖袖事当年,郎教唱客前。断时轻裂玉,收处远缫(sāo)烟。孤直絚(gēng)云定,光明滴水圆。泥情迟急管,流恨咽长弦。"张歌人就是张好好,前面几句,写自己沉浸在张好好的歌声里了。最后在令人沉醉的歌声中仿佛看到了招展的酒旗,于是想到了自己的家乡:"吴苑春风起,河桥酒斾(pèi)悬。凭君更一醉,家在杜陵边。"又如,《代人寄远六言》:"河桥酒斾风软,候馆梅花雪娇。宛陵楼上瞪目,我郎何处情饶?"《江南春绝句》写尽江南繁华中的风雨飘摇:"千里莺啼绿映红,水村山郭酒旗风。南朝四百八十寺,多少楼台烟雨中。"

我们再看杜牧写的酒楼。《润州》:"句吴亭中千里秋,放歌曾作昔年游。青苔寺里无马迹,绿水桥边多酒楼。大抵南朝皆旷达,可怜东晋最风流。月明更想桓伊在,一笛闻吹出塞愁。"《入茶山下题水口草市绝句》:"倚溪侵岭多高树,夸酒书旗有小楼。惊起鸳鸯岂无恨,一双飞去却回头。"杜牧笔下的酒家更是为我

酒诗漫说

们所熟知的。《泊秦淮》:"烟笼寒水月笼沙,夜泊秦淮近酒家,商女不知亡国恨,隔江犹唱后庭花。"

这种中度白酒,来自市井之中,也深深地浸润着市井情韵。杜牧不是隐士,他用非常投入的状态,写生活,写爱情,写友情,没有一笔懈怠,也就没有一笔不动人。"多情却似总无情,唯觉樽前笑不成。蜡烛有心还惜别,替人垂泪到天明。"(《赠别》)"小楼才受一床横,终日看山酒满倾。可惜和风夜来雨,醉中虚度打窗声。"(《宣州开元寺南楼》)"十载飘然绳检外,樽前自献自为酬……半醒半醉游三日,红白花开山雨中。"(《念昔游》)"落魄江南载酒行,楚腰肠断掌中轻。十年一觉扬州梦,赢得青楼薄幸名。"(《遣怀》)"共惜流年留不得,且环流水醉流杯。无情红艳年年盛,不恨凋零却恨开。"(《和严恽秀才落花》)"觥船一棹百分空,十岁青春不负公。今日鬓丝禅榻畔,茶烟轻飏(yáng)落花风。"(《题禅院》)就连题禅院的诗都写得如此豪爽,难怪日本学者泽田总清称赞杜牧的诗"豪丽"呢!

第二十四说

常谓不饮可

酒诗漫说

◆◆◆◆

1057年,二十二岁的苏轼参加礼部试。苏轼的试卷写得非常精彩。他在试卷里面说,唐尧时代要判一个人死刑,皋陶(yáo)说了三次要杀掉这个人,尧则坚持了三遍要原谅他。主考官欧阳修被这篇雄文吸引,认为可以得第一,但因为怀疑是自己的学生曾巩写的,为避嫌改为第二。后来,欧阳修见到苏轼,问他皋陶和尧的故事出自哪里,苏轼说:"我编的……不过,圣君一定会这么做的。"

关于酒,有这么几句诗:"我虽不善饮,知酒莫如我。苟能通其意,常谓不饮可。"这几句不是苏轼写的,是我仿他写书法的一首诗编的。("吾虽不善书,晓书莫如我。苟能通其意,常谓不学可。")苏轼应该会赞成我替他写的这几句吧。

苏轼饮酒,量少而味足。他写道:"我饮不尽器,半酣味尤长。篮舆湖上归,春风吹面凉。行到孤山西,夜色已苍苍,清吟杂梦寐,得句旋已忘。尚记梨花村,依依闻暗香。"这真是一幅

第二十四说 ◆ 常谓不饮可

活脱脱的苏轼自画像。酒量不大,但酒到半酣是最有滋味的时候。乘着竹子做的轿子从湖上归来,春风拂面有些清凉。走到孤山西侧的时候已是暮色四合,似梦非梦中吟出的诗句随出随忘。只是还记得满树梨花的村落,仍能嗅到阵阵的暗香。苏轼还写道:"我虽不解饮,把盏欢意足。""且待渊明赋归去,共将诗酒趁流年。"

苏轼的酒诗,有花有雪有月,有西湖美景,有各种美好的事物。他像李白一样,对月亮尤其偏爱。这在他的辞赋和诗词里都有充分体现。他在给友人的和诗中写道:"繁华真一梦,寂寞两衰朽。惟有当时月,依然照杯酒。"(《和鲜于子骏〈郓州新堂月夜〉二首》其一)他在月夜与友人在杏花下饮酒:"花间置酒清香发,争挽长条落香雪。山城薄酒不堪饮,劝君且吸杯中月。"(《月夜与客饮杏花下》)他中秋见月给弟弟苏辙写了和诗:"明月未出群山高,瑞光万丈生白毫。一杯未尽银阙涌,乱云脱坏如崩涛。谁为天公洗眸(móu)子,应费明河千斛(hú)水。遂令

酒诗漫说

冷看世间人,照我湛然心不起。"(《中秋见月和子由》)

苏轼的酒诗,感伤中透着"无可救药的乐观"(林语堂对苏轼的评价)。"愁客倦吟花似酒,佳人休唱日衔山。共知寒食明朝过,且赴僧窗半日闲。"(《同曾元恕游龙山,吕穆仲不至》)他可以随时从愁客的倦怠和时序的感叹中解脱出来,到僧窗下闲坐半日。"七年来往我何堪,又试曹溪一勺甘。梦里似曾迁海外,醉中不觉到江南。"(《过岭二首》其二)这是东坡六十五岁时写的诗句。他五十八岁时被贬到惠州,六十二岁时被贬到儋(dān)州,六十五岁时移廉州、永州。七年往来,但视贬谪如梦里,如醉中,汪师韩在《苏诗选评笺释》中评价"知其胸中别有澄定者在",王文诰评价说,"梦里似曾迁海外"真乃吉祥文字。胸中澄定,自然吉祥。

苏轼的酒诗,乐观中透着"气象峥嵘"(苏轼语)的豪放。论豪放,李白之后,恐无出苏轼之右者,何况酒后的醉作。苏轼在郭祥正家喝醉了酒,那个在墙上乱写乱画的"坏习惯"又发作

第二十四说 ◆ 常谓不饮可

了。郭祥正当然不会责怪他,而且作诗为谢,还赠给苏轼两把古铜剑。苏轼感而作诗:"空肠得酒芒角出,肝肺槎牙生竹石。森然欲作不可回,吐向君家雪色壁。平生好诗仍好画,书墙涴(wò)壁长遭骂。不嗔不骂喜有余,世间谁复如君者。一双铜剑秋水光,两首新诗争剑铓(máng)。剑在床头诗在手,不知谁作蛟龙吼。"(《郭祥正家,醉画竹石壁上,郭作诗为谢,且遗二古铜剑》)苏轼听杨杰描绘登泰山观日出、登华山饮酒的壮游经历,作诗赠之:"天门夜上宾出日,万里红波半天赤。归来平地看跳丸,一点黄金铸秋橘。太华峰头作重九,天风吹滟黄花酒。浩歌驰下腰带鞓(tīng),醉舞崩崖一挥手。"(《送杨杰》)前四句写登泰山,后四句写饮华山,有人评价,有这几句,就是李、杜也得虚苏轼一席。

苏轼写酒诗,即便是内心有所畏惧,也要幽默地表达出来;而他的家国情怀,更是想遮都遮不住。"嗟予与子久离群,耳冷心灰百不闻。若对青山谈世事,当须举白便浮君。"(《赠孙莘老

酒诗漫说

七绝》其一）如果对着青山还聊时事，那就罚一大杯。"饮中真味老更浓，醉里狂言醒可怕。但当谢客对妻子，倒冠落佩从嘲骂。"（《定惠院寓居月夜偶出》）苏轼以言获罪者数次，这两首都是"莫谈国事"的意思。他知道"世事如今腊酒醲，交情自古春云薄"（《和欧阳少师寄赵少师次韵》），"世上功名何日是，樽前点检几人非"（《常润道中，有怀钱塘，寄述古五首》其二）。虽然如此，他诗里有时还是会透露出对王安石变法带给人民困苦的忧虑和对于宽厚仁政的渴望。《送鲁元翰少卿知卫州》是送给即将到卫州任知州的朋友的，在回忆"谁人肯携酒，共醉榆柳村。髯卿（指鲁元翰）独何者，一月三到门"的美好时光后，诗的最后几句写道："斯民如鱼耳，见网则惊奔。皎皎千丈清，不如一尺浑。刑政虽首务，念当养其源。"

苏轼用他的魅力、韧性和才华开阔了饮酒的境界。

第二十五说
取 酒 起 酹 剑

酒诗漫说

◆◆◆◆

陆游和许多古代诗人一样,并不想做诗人,至少不想只做诗人,而愿意首先做一个有作为的政治家。他说:"后世但做诗人看,使我抚几空咨嗟。"(《读杜诗》)但是,也像许多古代诗人一样,他流传后世的,还是诗歌。稍有文化的中国人,一般不知道陆游的传记大略,但谁不知道"山重水复疑无路,柳暗花明又一村"(《游山西村》);"死去元知万事空,但悲不见九州同"(《示儿》)?陆游存世诗歌甚多,共九千多首,这与他长寿有关,活到八十六岁,更与他勤奋有关,特别是他到了晚年,几乎每天都写诗。他诗歌的质量也高。曾国藩编《十八家诗钞》,陆游是其中一家。陆游也爱喝酒,其"放翁"的别号,就与酒有关:在他五十二岁的时候,被罢免了嘉州知州的职务。原因是群僚说他"燕饮颓放",他内心鄙视那些鼠辈,你们不是说我颓放吗?老子干脆自号"放翁"。宋代的文学家当中,陆游和辛弃疾是文武双全的,偏偏他俩都被污为壮志消磨、沉迷燕饮(辛还有沉迷美色

第二十五说 ◆ 取酒起酹剑

之讥)之辈。

　　陆游最主要、最宝贵的特点,是他坚定的爱国主义。当然,李白也爱国,主要体现在对祖国大好山川的歌颂上;杜甫也爱国,主要体现在对人民疾苦的表现上。陆游的爱国,则体现在对恢复中原山河的呼吁中。陆游出生的第二年,就碰到了靖康之耻,他十七岁时,岳飞被害,八十四岁时,嘉定和议,至死未见九州一统。他一生主张北伐,他曾被打击贬谪八次,有三次是因为主战这个原因。他只是在四十七岁时有机会到当时的北疆戍边八个月,但这八个月成了他后来诗歌的重要源泉。他的爱国主义,通过他的实际行动和一篇篇奏议,也通过他痛饮之后的诗歌,表现得淋漓尽致。《三月十七日夜醉中作》:

　　　　前年脍鲸东海上,白浪如山寄豪壮。
　　　　去年射虎南山秋,夜归急雪满貂裘。
　　　　今年摧颓最堪笑,华发苍颜羞自照。

酒诗漫说 ·

> 谁知得酒尚能狂,脱帽向人时大叫。
> 逆胡未灭心未平,孤剑床头铿(kēng)有声。
> 破驿梦回灯欲死,打窗风雨正三更。

那胯鲸射虎的岁月远去了,自己已经现出摧颓的老态,但只要有酒就能兴奋得大叫。这哪里是颓放,分明是逆胡未灭的悲怀与孤剑独鸣的铿锵(qiāng)。《九月十六日夜梦驻军河外,遣使招降诸城,觉而有作》,记下了他梦中胜利后的酒歌。"杀气昏昏横塞上,东并黄河开玉帐。昼飞羽檄(xí)下列城,夜脱貂裘抚降将……更呼斗酒作长歌,要遣天山健儿唱。"再看《宝剑吟》:

> 幽人枕宝剑,殷殷夜有声。
> 人言剑化龙,直恐兴风霆。
> 不然愤狂虏,慨然思遐征。

第二十五说 ◆ 取酒起酹剑

取酒起酹（lèi）剑，至宝当潜形。

岂无知君者，时来自施行。

一匣有余地，胡为鸣不平。

宝剑都是有灵性的。你看陆游的剑，应该是被陆游感染了：把我化作兴风震雷的龙吧，或者到远方杀尽狂虏。陆游起身，把酒倒在剑上安慰道：宝剑啊，先把自己隐藏起来吧。你不是没有知音，时候一到就能实现自己的理想。现在剑匣足够你容身，为什么还要鸣不平呀！

陆游诗多写剑。剑可用来防身，可用来杀敌，可用来指挥。剑需要长时间的锤炼和铸造。剑有优美的线条，刺眼的光芒，舞剑给人美的享受。陆游在很多酒诗里面写到剑。

"兴来买尽市桥酒，大车磊落堆长瓶。哀丝豪竹助剧饮，如钜野受黄河倾。平时一滴不入口，意气顿使千人惊。国仇未报壮士老，匣中宝剑夜有声。"（《长歌行》）

酒诗漫说

"瓢空夜静上高楼,买酒卷帘邀月醉。醉中拂剑光射月,往往悲歌独流涕。"(《楼上醉歌》)

"十年磨一剑,霜刃未曾试。今日把示君,谁有不平事。"这是唐代贾岛的《剑客》诗。而陆游不计私仇,只念国恨。《西村醉归》:

侠气峥嵘冠九州,一生常耻为身谋。
酒宁剩欠寻常债,剑不虚施细碎雠。
歧路凋零白羽箭,风霜破弊黑貂裘。
阳狂自是英豪事,村市归来跨醉牛。

酒债可欠,这是学习杜甫"酒债寻常行处有"。剑不虚施,只愿成为一统九州的利器。但现在自己只是个佯狂的英豪,喝醉了骑着牛回家去。

陆游精通书法,尤其擅长草书。他有一首《题醉中所作草书

第二十五说 ◆ 取酒起酹剑

卷后》，把酒作旗鼓，把笔作刀枪，寄托的是上马杀敌的志向。

> 胸中磊落藏五兵，欲试无路空峥嵘。
> 酒为旗鼓笔刀槊（shuò），势从天落银河倾。
> 端溪石池浓作墨，烛光相射飞纵横。
> 须臾收卷复把酒，如见万里烟尘清。
> 丈夫身在要有立，逆虏运尽行当平。
> 何时夜出五原塞，不闻人语闻鞭声。

陆游晚年居山阴，常与村邻共饮，有一首非常朴素的《村饮示邻曲》，在诗中他向父老们道出了自己的心愿，是一个唤醒民众的生动片段。

> 七年收朝迹，名不到权门。
> 耿耿一寸心，思与穷友论。

酒诗漫说

忆昔西戍日,羼(chán)房气可吞。

偶失万户侯,遂老三家村。

……

雕胡幸可饮,亦有社酒浑。

耳热我欲歌,四座且勿喧。

即今黄河上,事殊曹与袁。

扶义孰可遣?一战洗乾坤。

……

吾侪(chái)虽益老,忠义传子孙。

征辽诏倘下,从我属櫜(gāo)鞬(jiān)。

陆游把酒与剑献给祖国,把酒与泪献给爱人,把酒与笛献给时光。他的酒诗里还有非常凄婉的情诗,非常轻松的闲适诗,此处不多论。

第二十六说
照我万古心

酒诗漫说

◆◆◆◆

  清人顾嗣立编《元诗选》，把元好问列在卷首，其实元好问与陆放翁是同时代的人，只是一在南宋，一在北国（中原地带）的金朝。曾国藩《十八家诗钞》以时间为序选了十八位诗人，最后一位就是元好问，其后的元明清诗人一家未选，足见元好问在曾氏心目中的地位。元好问，人称遗山先生，二十岁因诗作而"名震京师"，金宣宗兴定五年（1221）进士及第，金亡不仕，潜心作金史百余万字。元好问的诗"歌谣慷慨，携幽并之气"。顾嗣立认为，元好问是宋南渡之后中原地带文化绵续的"标准"，"自中原板荡，风雅道衰。汴京之亡，故老都尽。先生蔚为一代宗工，以文章独步者几三十年。由是学者知所指归，作为诗文，皆有法度。百年以还，名家辈出，别裁伪体，溯流穷源，论者以先生为标准，不亦宜乎！"

  元好问酒诗名句：

第二十六说 ◆ 照我万古心

"殷勤一杯酒,愧尔云间人。"

"举杯谢明月,蓬荜肯相临。"

"愿将万古色,照我万古心。"

"人若不解饮,俗病从何医?"

"因君夜话吴江春,酒光潋滟金杯滑。"

"大明湖上一杯酒,昨日绣江眉睫间。"

"昆阳城下三更酒,醉胆轮囷(qūn)插星斗。"

"忘忧只有清尊在,暂为红尘拂鬓华。"

"淹留岁月无余物,料理尘埃有此杯。"

"世事且非论向日,酒尊聊喜似承平。"

"淋浪别酒青灯夜,灭没孤帆落照边。"

"举世尽从愁里过,一尊独爱醉时歌。"

说到《醉时歌》,元人黄庚确实写过一首,王恽则有《醉歌行》,都是比较长的歌行体。

酒诗漫说

耶律楚材，蒙元时代著名政治家，存诗不少，诗律较粗，但有不少是写在塞北、西域饮酒的，而且多次写到饮葡萄酒。如：

"滴滴秋光溢远山，穹庐寥落酒瓶干。"
"天马西来酿玉浆，革囊倾处酒微香。"
"花开杷榄芙蕖淡，酒泛葡萄琥珀浓。"
"蒲萄酒熟愁肠乱，玛瑙杯寒醉眼明。"
"葡萄亲酿酒，杷榄看开花。"

"屈眴青衫裁鸭绿，葡萄新酒泛鹅黄。"（此处指一种白葡萄酒，色如金波。）

"幸有和林酒一樽，地炉煨火为君温。"（尚酝出于和林城，故有是句。）

在元代，和林似是酒的重要产地。郝经《怀来醉歌》中亦有句："系马门前折残柳，玉液和林送官酒。"郝经是元初重臣，他

第二十六说 ◆ 照我万古心

的祖父是元好问的老师,他本人则受学于元好问。史称其诗多奇崛,酒诗亦多,有一首《八月十五夜五河口观月》,高蹈之至。元人的歌行酒诗,写得都很磅礴,足可一观。范梈《王氏能远楼》、张昱《过歌风台》和前面提到的黄庚《醉时歌》、王恽《醉歌行》都如此。《王氏能远楼》如下:

游莫羡天池鹏,归莫问辽东鹤。
人生万事须自为,跬步江山即寥廓。
请君得酒勿少留,为我痛酌王家能远之高楼。
醉捧勾吴匣中剑,斫断千秋万古愁。
沧溟朝旭射燕甸,桑枝正搭虚窗面。
昆仑池上碧桃花,舞尽东风千万片。
千万片,落谁家?愿倾海水溢流霞。
寄谢尊前望乡客,底须惆怅惜天涯。

酒诗漫说

许有壬《上京十咏》有《马酒》一首,似是写马奶酒的:"味似融甘露,香疑酿醴泉。新酷撞重白,绝品挹清玄。"上京在今天的锡林郭勒盟,现在的牧民也常以马奶酒佐餐。

明人酒诗。唐寅写了不少,轻松可爱,独树一帜。如《桃花庵歌》:"桃花坞里桃花庵,桃花庵里桃花仙;桃花仙人种桃树,又摘桃花换酒钱……"又如《感怀》:"不炼金丹不坐禅,饥来吃饭倦来眠……万场快乐千场醉,世上闲人地上仙。""漫劳海内传名字,谁信腰间缺酒钱?"(《五十言怀诗》)"不烧高烛对芳樽,也是虚荣生人世。"(《一年歌》)

与唐寅并称吴中才子的祝允明有《春日醉卧戏效太白》一首:

春风入芳壶,吹出椒兰香。
累酌无劝酬,颓然倚东床。
仙人满瑶京,处处相迎将。

第二十六说 ◆ 照我万古心

携手观大鸿,高揖辞虞唐。
人生若无梦,终世无鸿荒。

李攀龙的酒诗,意、词、句俱佳,且在韵律上别具一格。《和殿卿春日梁园即事》:

梁园高会花开起,直至落花犹未已,春花著酒酒自美。
丈夫但饮醉即休,才到花前无白头,红颜相劝若为留。
春风何处不花开,何处花开不看来,看花何处好空回。

徐渭的画和书法都是大写意风格,淋漓酣畅,诗亦然。他曾给外甥许椠作画,并题诗一首《又图卉应史甥之索》:

陈家豆酒名天下,朱家之酒亦其亚。
史甥亲挈八升来,如椽大卷令吾画。

酒诗漫说

小白连浮三十杯,指尖浩气响成雷。
惊花蛰草开愁晚,何用三郎羯鼓催。
羯鼓催,笔兔瘦,蟹螯百双,羊肉一肘,
陈家之酒更二斗,吟伊吾,进厥口,
为侬更作狮子吼!

这样的诗,恐怕只有徐青藤写得出来。

王世贞在明代是名重海内的文坛领袖,他的《陪段侍御登灵岩绝顶》中有"青天落酒杯"一句,做到了他自己追求的"片语峥嵘意象新"。全诗如下:

径折全疑尽,峰回陡自开。
苍然万山色,忽拥岱宗来。
碧涧传僧梵(fàn),青天落酒杯。
雄风别有赋,不羡楚兰台。

第二十六说 ◆ 照我万古心

王世贞有《塞上曲》一首,有唐代边塞诗的韵味:

旌旗春偃白龙堆,教客休停鹦鹉杯。
歌舞未残飞骑出,月中生缚左贤来。

王世贞与名将戚继光多有交游,在一次酒宴上,戚将军解剑相赠,王赋诗曰:"曾向沧流刉(tuán)怒鲸,酒阑分手赠书生。芙蓉涩尽鱼鳞老,总为人间事渐平。"(《戚将军赠宝剑歌》)戚继光荡平倭寇后,北上戍边,曾写下"朔风房酒不成醉,落叶归鸦无数来。但使玄戈销杀气,未妨白发老边才"(《登盘山绝顶》)。

清人酒诗。顾大申有《饮太白酒楼醉后走笔成篇》:

呜呼太白尔何游?应在飘飘碧落之倒景,芙蓉白玉之仙楼。
乘云抱气蹑箕斗,骖螭(chī)泥汉骑长虬(qiú)。

酒诗漫说

世人即之杳难求,但见朱轩绣棋环城头。

岱宗历历青扑面,黄河西来净如练,七十二君等飞电。

地老天荒出酒人,狂歌直与天为邻,上殿捉笔力士嗔。

背负盐鼎谁相存,就中赏音贺季真。

独抱曲蘖看浮云,登楼日醉忘其身。

西风野火衰草死,由来豪贵尽如此。

我今把盏揖君起,相与酌酒问济水,古今醉醒那终始?

何不高步穷紫烟,摘取列星当酒钱。

斟酌海水常不干,开襟痛饮楼之巅,醉呼黄鹤回青天。

似得太白真精神,假令太白复起,必当与大申痛饮吧。

袁枚是性灵说的倡导者,这首写吹笛饮酒的《夜过借园见主人坐月下吹笛》,是对性灵二字的好注解:

第二十六说 ◆ 照我万古心

秋夜访秋士,先闻水上音。
半天凉月色,一笛酒人心。
响遏碧云近,香传红藕深。
相逢清露下,流影湿衣襟。

黄景仁,学李得李,学杜得杜,浪漫主义与现实主义兼备。黄一生愁苦,写的诗也以愁苦为底色。近代以后,黄诗甚为流行,老一辈学人费孝通给他的学生题字,顺手一写就是黄景仁的《太白墓》。下面是黄氏的《绮怀》:

几回花下坐吹箫,银汉红墙入望遥。
似此星辰非昨夜,为谁风露立中宵。
缠绵思尽抽残茧,宛转心伤剥后蕉。
三五年时三五月,可怜杯酒不曾消。

酒诗漫说

月下笛声,杯酒相伴,花下箫声,杯酒相忆,又有何事可以杯酒相消。

诗至盛唐,高峰迭起,简直就是喜马拉雅山脉。其后开始走下坡路,偶有拔地而起者,但总体上高度下降。诗的格律到盛唐出现了严格的标准,这是诗歌达到顶峰的标志之一。后世局促于格律规矩之中,大多不能超越前人。直至龚自珍,在意象、格式、遣词上都有所突破,人谓其诗"非规绳所能范则"。龚氏梦中得句,"西池酒罢龙娇语,东海潮来月怒明"。一"娇",一"怒",都非寻常语。"风雪衔杯罢,关山拭剑行"(《送刘三》),写出了可以托死生的侠士精神。

《己亥杂诗》第274首:

明知此浦定重过,
其奈尊前百感何?
亦是今生未曾有,
满襟清泪渡黄河。

第二十六说 ◆ 照我万古心

这据说是一首情诗，但写出了时代的影子。龚氏生活在万马齐喑的时代，期盼苍天重新抖擞精神，不拘一格降人才。天公仿佛听了他的劝，七十二年后，清朝覆亡，延续两千多年的帝制被推翻，古人成了新人，旧诗继之以新诗，古人的诗酒情怀也被新人的饮酌与吟唱取代了。

后 记

好象是塞涅卡说过,哲学给你不可想象的力量来对抗命运的捶打。

诗亦然,酒亦然。

大疫三年。有时憋在家里,就把手边古人诗集找出来,选出其中与酒相关的诗歌,记下若干读后感,连缀成二十六篇。蒙中国社会科学出版社不弃,加以出版。如果这些浅陋的篇章,能使读者诸君感受到中国古人诗酒情怀的力量与美感,便是我莫大的荣幸与快乐。

老同学知泓兄欣然命笔作序。陈肖静、顾世宝、孙婷筠等同志为本书出版做了很多具体工作。在此谨致谢忱。

王持之谨记